U0123981

爱读书
读好书
善读书

『三读』丛书

中共浙江省委宣传部 编

# 开卷有益

## ——宋韵文化之科技

浙江人民出版社

# 出版说明

习近平总书记强调:“在新时代坚持和发展中国特色社会主义,要求全党来一个大学习。”党的十九大提出了建设马克思主义学习型政党,推动建设学习大国的重要战略任务。根据“领导干部要爱读书读好书善读书”的要求,我们组织专家学者编撰《“三读”丛书·开卷有益》,作为各级党员领导干部提高理论修养、陶冶情操、增强人文底蕴的“口袋读本”。

宋韵文化是中华优秀传统文化的重要组成部分,是具有中国气派和浙江辨识度的重要文化标识。本丛书从制度、经济、思想、文学艺术、教育、科技、建筑和百姓生活八个方面,分为概述、名篇、解读、风物四大板块,通过解码宋韵文化,助力打造浙江历史文化金名片。

编　者

2021年12月

目录

## 概述



## 名篇



## 解读

## 风物

爱读书
读好书
善读书

# 概述

■ 宋韵文化之科技概述

# 宋韵文化之科技概述

宋代是中国历史上最开明、最富创造力的时代，科学技术突飞猛进，高度繁荣，不仅处于中国古代科学技术发展史的高峰，而且在世界科技史上也居于前列，为世界科技文明作出了重大的贡献。世界著名科技史家、英国人李约瑟在其主编的皇皇巨著《中国科学技术史》一书的导论中说："每当人们在中国的文献中查找一种具体的科技史料时，往往会发现它的焦点在宋代，不管在应用科学方面或纯粹科学方面都是如此。"又说："宋代虽然军事上常常出师不利，且屡为少数民族邦国所困扰，帝国的文化和科学却达到了前所未有的高峰。"中国历史上的重要发明，一半以上都出现在宋朝，其中不少科技发明不仅在中国科技史上，而且在世界科技史上也可称第一。

《梦溪笔谈》的作者北宋沈括、活字印刷术的发明者毕昇这两位钱塘（今浙江杭州）人，都是中外公认的中国古代科学巨匠。

沈括(1031—1095),字存中,号梦溪丈人,北宋政治家、科学家。他一生致力于科学研究,在众多学科领域都有很深的造诣和卓越的成就,被誉为“中国整部科学史中最卓越的人物”。《宋史·沈括传》称沈括“博学善文,于天文、方志、律历、音乐、医药、卜算无所不通,皆有所论著”。其代表作《梦溪笔谈》是一部涉及自然科学、工艺技术及社会历史现象的综合性笔记体著作,内容丰富,集前代科学成就之大成,在世界文化史上有着重要的地位。《梦溪笔谈》详细记载了劳动人民在科学技术方面的卓越贡献和他自己的研究成果,反映了中国古代特别是北宋时期自然科学的辉煌成就。英国科学史家李约瑟评价其为“中国科学史上的坐标”。《梦溪笔谈》有30多个条目涉及自然地理、政治经济地理、测量、地图制作等,为研究自然地理提供了宝贵的史料。沈括考察了温州雁荡山的独特地形地貌并分析其成因,他指出:“原其理,当是为谷中大水冲激,沙土尽去,唯巨石岿然挺立耳。”这种“流水侵蚀作用”的看法是十分正确的,在西方,这一观点直到十八世纪末才出现在英国的赫顿《地球理论》一书中,比沈括晚了约700年。著名科学家竺可桢二十世纪二十年代便曾撰文《北宋沈括对于地学之贡献与纪述》，高度评价《梦溪笔谈》在地理学方面的重要贡献。《梦溪笔谈》有十多条记述涉及光学、磁学、声学等领域。如对阳燧凹面镜成像及光线聚焦原理的正确描述，对“琴弦共振”现象的观察与分析，对“古人铸鉴”时正确处理镜面凹凸与成像大小关系的研究与分析，对古代神奇的透光铜镜原理的正确推论，对利用磁石磁化铁针并制作指南针，以及磁石极性、磁针不完全指南（即磁偏角）现象的发现、描述与研究，都极具研究价值。尤其是磁偏角的发现，西方直到1492年才由哥伦布发现，比沈括晚了400多年。

印刷术是中国古代人民经过长期实践和研究才发明的。自从汉朝发明纸以后，书写材料比起过去用的甲骨、简牍、金石和缣帛要轻便、经济多了，但是抄写书籍还是非常费工的，远远不能适应社会的需要。最迟到东汉末年的熹平年间（172—178），就出现了摹印和拓印石碑的方法。大约在唐朝，人们从刻印章中得到启发，发明了人类历史上最早的雕版印刷术。到了宋朝，雕版印刷事业发展到全盛时期。雕版印刷对文化的传播起了重大作用，但是也存在明显缺点：一是刻版费时费工费料，二是大批书版存放不便，三是有错字不容易更正。北宋发明家毕昇发明活字印刷，克服了雕版印刷这些缺点。他总结历代雕版印刷丰富的实践经验，经过反复试验，在宋仁宗庆历年间（1041—1048）制成胶泥活字，并实行排版印刷，完成了印刷史上的重大革命。胶泥活字印刷技术，即在胶泥片上刻字，一字一印，用火烧硬后，便成活字。活字印刷术具有一字多用、重复使用、印刷多且快、省时省力、节约材料等优点，比整版雕刻经济方便，是印刷技术史上的一次质的飞跃，对后世印刷术乃至世界文明的进步有着巨大而深远的影响。活字印刷术则在大约十四世纪传到朝鲜、日本，复由中亚传至小亚细亚与埃及，并影响欧洲。欧洲最早用铅、锑、锡合金所制的活版印刷，乃1450年德人谷登堡（J. G. Gutenberg）所创，距毕昇的发明已400余年了。可以说，活字印刷术是中国对世界文明进步的一大贡献。

南宋的科技在北宋基础上进一步发展，其科技成就在很多方面居世界领先地位。这主要表现在：

第一，活字印刷术、指南针与火药三大发明在南宋时期获得进一步的完善和发展，并开始大规模的实际应用。

从指南针到罗盘在航海上的应用,始见于北宋末年,一般是让指南针浮在水面上,也就是使用“水浮法”。但是“水浮多荡摇”,精确度受到严重影响。到南宋时,指南针已从简单的指针,发展成为一种简易罗盘,据南宋陈元靓《事林广记》后集卷——《器用类》介绍,办法是将一块天然磁石安装在木刻的指南龟腹内,在木龟腹下挖一光滑的小洞,对准放在顶端尖滑的竹钉上。因支点处摩擦阻力很小,木龟便可自由转动以指南,这就是后来出现的旱罗盘的先声。又据吴自牧《梦粱录》卷十二《江海船舰》载,船在大海中航行,“风雨晦冥时,惟凭针盘而行,乃火长掌之,毫厘不敢差误,盖一舟人之命所系也”。说明在针盘上面已有了刻度,否则就不存在“毫厘不敢差”的问题。可见南宋后期,出现了真正的罗盘,并已应用于航海上,这是一种具有世界意义的重大发明。李约瑟指出,指南针在航海中的应用,是“航海技艺方面的巨大改革”,它“预示计量航海时代的来临”。美国学者德克·卜德说:“如果没有指南针,地理大发现的时代可能永远不会到来。”

就火药来说,宋代已经开始向热兵器时代过渡。早在唐代,我国已将火药应用于军事上。成书于北宋后期的《武经总要》，记载了当时的火药武器有火球、火毬、火箭、铁嘴火鹞、毒药烟球等多种，它们具有燃烧、爆破、熏灼、放毒、放烟幕等作用，以投掷法或弓箭法进行施放。由于这些火器的直接杀伤力不大，所以应用并不广泛。到了南宋，火药武器开始得到大规模使用和推广，并出现了管形火器。绍兴二年（1132），陈规守德安（今湖北安陆）时，发明了用长竹竿作为枪筒以喷射火焰的“火枪”，这可以说是世界上最早的管形火器，成为远距离杀伤敌人的利器。此外，威力巨大的火炮也在南宋被广泛用于作战，充分反映了当时火器制造技术的巨大进步。

此外，南宋开始推广使用活字印刷术，出现了目前世界上第一部活字印本。1987年，浙江温州市郊白象塔出土北宋《佛说观无量寿经》残叶，经考古学家鉴定，是北宋崇宁二年（1103）的活字印刷品。它上距毕昇首创活字版的庆历年间约50年。那时，杭州印刷技术最精，温州与杭州海陆交通频繁，烧瓷业发达，有烧制泥活字的物质和技术条件。

随着印刷技术的进步，南宋的印刷业也有了新的发展，一些官府、各地书院、州学、郡学以及不少官僚士大夫竞相刻书，社会上出现了许多书坊。南宋印刷业的中心是都城临安，此外还有建阳、广都（今四川双流东南）等地。临安国子监印书，质量最好，称为“监本”。建阳刻书的数量大，销路亦广。南宋时期刻印的图书以种类多、技术考究著称，这些图书为后人保留下了丰富的文化资料。

培根（Francis Bacon）指出：“（两宋的活字印刷术、火药、指南针）这三种发明已经在世界范围内把事物的全部面貌和情况都改变了：第一种是在学术方面，第二种是在战事方面，第三种在航行方面。由此产生了无数的变化，这种变化是这样大，以至没有一个帝国，没有一个教派，没有一个赫赫有名的人物，能比得上这三种机械发明。”马克思的评价则更高：“火药、指南针、印刷术——这是预告资产阶级到来的三大发明。火药把骑士阶层炸得粉碎，指南针打开了世界市场并建立了殖民地，而印刷术则变成了新教的工具，总的来说变成科学复兴的手段，变成对精神发展创造必要前提的最强大的杠杆。”

此外，南宋的造纸技术也更为发达，生产规模大为扩展，品种之多，质量之高，甚至近代也多不及。

第二，南宋在农业技术理论上的重大突破。南宋陈旉所著的《农书》是我国现存最早的有关南方农业生产技术与经营的农学著作，第一次在中国农学史上提出了土地利用规划技术。陈旉首先论述土壤肥力论等多种土地的利用和改造之法，并对搞好农业经营管理提出了卓越的见解，他是中国农学史上第一个对这一领域有研究的人。陈旉根据自己的农业实践，介绍了堆粪、沤粪、火粪、粪屋等各种积肥方法。他认为庄稼播种以后，施追肥是一个重要环节，但“用粪犹用药”，必须得宜与保持肥效。当时，一般农民的耕作技术也有了普遍提高，如稻麦两熟制、水旱轮作的耕作体系、“耕耙耖”三位一体的耕作体系在南宋境内都得到了较好的推广。植物谱录在南宋也大量涌现。《橘录》是我国最早的柑橘专著；《菌谱》是世界历史上最早的菌类专著；《全芳备祖》是世界上最早的植物学辞典，比欧洲同类著作要早300多年；《梅谱》是世界上最早的有关梅花的专著。

第三，南宋在制造技术上的高度成就。南宋冶金技术居世界最高水平。在有色金属的开采与冶炼方面，南宋发明了“冶银吹灰法”和“铜合金铁”冶炼法；在煤炭的开发利用方面，南宋开始使用焦煤炼铁（而欧洲人到十八世纪才发明了焦煤炼铁），是我国冶金史上具有重大意义的里程碑。南宋是我国纺织技术高度发展时期，特别是蚕桑丝绸生产，形成了从栽桑到成衣的全过程产业链，生产工具丰富，为明清高超的丝绸生产技术奠定了基础。南宋瓷器无论在胎质、釉料，还是在制作技术上，都达到了新的高度。此外，南宋的建筑、城市规划等方面，也都比过去有了很大的进步，如现保存在苏州博物馆的石刻《平江图》，绘于南宋绍定二年(1229)，是我国现存最完整的城市规划图。

第四，南宋在数学领域的巨大贡献。南宋数学不仅是中国数学史上，而且是世界数学史上浓墨重彩的一笔。南宋杰出的数学家秦九韶撰写的《数学九章》的突出成就是在贾宪等人关于高次方程数值解法的基础上，将其发展为任意高次方程的数值解法，即“正负开方术”。在解题中，他将高次方程中各系数列在一起，像“增乘开立方法”那样采用随乘随加的方法进行减根变换，在当时世界上尚无人能掌握此种计算方法。另外，他还首次对中国古代求解联立一次同余式方法进行系统介绍，并将它应用到各种数学问题的解决中去，其计算步骤正确而又严密。在秦九韶之后500多年，欧洲才有人对这一算法进行较为深入的研究。另一位杰出的数学家杨辉，编撰有《详解九章算法》《日用算法》《乘除通变本末》《亩比类乘除捷法》《续古摘奇算法》《杨辉算法》等十余种数学著作，收录了很多算题和算法。杨辉对级数求和的论述，是继沈括之后世界上较早开展的对高阶等差级数的研究；他发明的“九归口诀”，不仅提高了运算速度和精确度，而且还对明代珠算的发明起到了重要作用。因此，李约瑟把宋代称为“伟大的代数学家的时代”，认为“中国的代数学在宋代达到最高峰”。

第五，南宋在医药领域的重要贡献。南宋的医药学，在唐和北宋的基础上有了全面的发展，这与当时政府的重视有很大关系。南宋政府设翰林医官局，掌管医药卫生政令；又设太医局，内置教授和各科医生达百名左右，负责全国的医疗事业；设“医学”，培养医学人才；设药局，推广成药，兼及救济贫病之人。加之南宋海外贸易发达，外国药物大量传入，更推动了医药学的发展。南宋医药分科比过去更完备，几乎每科都有名医和名著。南宋是中国法医学正式形成的时期。宋慈《洗冤集录》是世界上第一部法医学专著，比西方同类著作早350余年。该书系统地记载了检验尸体的各种方法，具有相当高的科学性和实用性。书中还具体地介绍了使用人工呼吸、明矾蛋白解砒霜毒等急救方法，在医学上有重要价值。宋慈提出的“滴血辨亲”法，更是我国历史上血型概念的最早记录。本书作为世界上第一部司法检验专著，不仅奠定了我国古代医学的基础，而且被译成法、英、芬兰、德、日、俄等多种文字，对世界法医学也产生了广泛影响。南宋是中国针灸医学的极盛时期。王执中《针灸资生经》和闻人耆年《备急灸法》两书，皆集历代针灸学知识之大全，反映了当时针灸学的最高水平。南宋腧穴针灸铜人是针灸学上第一具教学、临床用的实物模型。陈自明所著《外科精要》一书对指导外科的临床应用具有重要意义。陈自明《妇人大全良方》是著名的妇产科著作，直到明清时期仍被妇科医生奉为经典。朱瑞章的《卫生家宝产科方》，被称为“产科之荟萃，医家之指南”。无名氏的《小儿卫生总微论方》和刘昉的《幼幼新书》，汇集了宋以前在儿科学方面所取得的成就，是我国历史上较早的一部比较系统、全面的儿科学著作。许叔微《普济本事方》是中国古代一部比较完备的方剂专书。

当然,南宋的科技成就远远不止上面所提到的这些内容,其他如造船、酿酒、水利、天文历法等方面的科学技术水平,都比过去有很大的进步。

爱读书
读好书
善读书

# 名篇

# 《梦溪笔谈》二则*

■〔宋〕沈　括

## 活字印刷术

版印书籍，唐人尚未盛为之，自冯瀛王始印五经，已后典籍，皆为版本。庆历中，有布衣毕昇，又为活版。其法用胶泥刻字，薄如钱唇，每字为一印，火烧令坚。先设一铁版，其上以松脂、腊和纸灰之类冒之。欲印则以一铁范置铁板上，乃密布字印。满铁范为一板，持就火炀之，药稍镕，则以一平板按其面，则字平如砥。若止印三、二本，未为简易；若印数十百千本，则极为神速。常作二铁板，一板印刷，一板已自布字。此印者才毕，则第二板已具。更互用之，瞬息可就。每一字皆有数印；如“之”“也”等字，每字

---

* 选自沈括著，诸雨辰译注：《梦溪笔谈》，中华书局2016年版，第394—395、534页。

有二十余印,以备一板内有重复者。不用则以纸贴之,每韵为一贴,木格贮之。有奇字素无备者,旋刻之,以草火烧,瞬息可成。不以木为之者,木理有疏密,沾水则高下不平,兼与药相粘,不可取。不若燔土,用讫再火令药镕,以手拂之,其印自落,殊不沾污。昇死,其印为余群从所得,至今保藏。

## 指南针

方家以磁石磨针锋,则能指南,然常微偏东,不全南也。水浮多荡摇,指爪及碗唇上皆可为之,运转尤速,但坚滑易坠,不若缕悬为最善。其法取新纩中独茧缕,以芥子许蜡缀于针腰,无风处悬之,则针常指南。其中有磨而指北者,余家指南、北者皆有之。磁石之指南,犹柏之指西,莫可原其理。

**【作者简介】**

沈括(1031—1095),字存中,号梦溪丈人,钱塘县(今浙江杭州)人,北宋科学家。一生致力于科学研究,在众多学科领域都有很深的造诣和卓越的成就。代表作《梦溪笔谈》,集前代科学成就之大成,在世界科技史上有着重要的地位。另著有《良方》《天下州县图》等。

**【内容简介】**

这里选取的两篇短文介绍了活字印刷术和指南针。

经唐代的发展，宋代雕版印刷术进入鼎盛时期，并且发明活字印刷术。据沈括记载，北宋庆历年间（1041—1048），平民毕昇创造活字印刷术。一般认为毕昇是钱塘（今浙江杭州）人，生年略早于沈括，也有人认为他是益州（今四川成都）人。毕昇活字印刷术的基本原理，与近现代盛行的铅字排印方法完全相同。先用胶泥制成泥活字，一块胶泥刻制一字，经火烧变硬后备用。排版时先将松香、蜡及纸灰等物混合平涂于特制的铁板上，铁板上放置铁框，所制活字字面朝上排列于铁框内。排满后置于火上加热，松香、蜡、纸灰等混合物遇热熔化，冷却后将泥活字黏合在一起，即成一版用于印刷。一版印完，活字可以取下反复利用。毕昇也曾制作木活字，但效果不佳。活字印刷术发明不久便出现活字印刷品。据南宋周必大的记载，他曾用泥活字印刷自己的《玉堂杂记》一书。1965年，浙江温州市郊的北宋白象塔中曾清理出北宋《佛说观无量寿经》残叶，确定属于活字印刷品。1987年，在甘肃发现的西夏文佛经《维摩诘所说经》同样是泥活字印本。此外，西夏文佛经《大方广佛华严经》是木活字印刷品。这些文物打消了对毕昇创制胶泥活字的质疑。

理论上讲，活字印刷术应该比雕版印刷节省费用与时间，是印刷技术的革命性进步，但泥活字或木活字，在实际应用中不如雕版印刷术方便，未能推广普及。十五世纪德国人谷登堡发明铅活字凸版机械印刷机，开创近代活字印刷技术，现在未见史料可以证明毕昇与谷登堡的发明有何联系。

指南针是我国历史上的伟大发明之一，也是我国对世界文明发展的一项重大贡献。《梦溪笔谈》在这里记述了一种人工磁化的方法："方家以磁石磨针锋，则能指南。"用现代科学知识分析这一方法，可知它是一种利用天然磁石的磁场作用，使钢针内部磁畴的排列规则化，从而让钢针显示出磁性的方法。它既简便又有效，为具有实用价值的磁体指向仪器的出现，创造了重要的技术条件。

除了对人工磁化方法的探索外，宋代还在磁针的装置方法上进行实验和比较。沈括在《梦溪笔谈》

中提到了“水浮”、置指爪、置碗唇以及“缕悬”四种装置方式。水浮法在两宋时期应用较多，曾公亮等所述指南鱼采用的也是水浮法。此法简便，但正如沈括所指出的“水浮多荡摇”，是它的重大缺点。对于二、三两法，沈括指出了它们的长处是“运转尤速”，短处是“坚滑易坠”。沈括比较推崇的是第四种方法，认为“其法取新纩中独茧缕，以芥子许蜡缀于针腰，无风处悬之，则针常指南”。这确实是一种较好的装置方法。除此之外，南宋陈元靓在《事林广记》中还介绍了一种当时流行的指南龟的装置新法：将一块天然磁石安装在木刻的指南龟腹内，在木龟腹下挖一光滑的小穴，对准放在顶端尖滑的竹钉子上。因支点处摩擦阻力很小，木龟便可自由转动以指南。这就是后来出现的旱罗盘的先声。

# 筒井、用水鞴法*

■〔宋〕苏　轼

蜀去海远，取盐于井。陵州井最古，淯井、富顺盐亦久矣，惟邛州蒲江县井，乃祥符中民王鸾所开，利入至厚。自庆历、皇祐以来，蜀始创“筒井”，用圜刃凿如碗大，深者数十丈，以巨竹去节，牝牡相衔为井，以隔横入淡水，则咸泉自上。又以竹之差小者出入井中为桶，无底而窍其上，悬熟皮数寸，出入水中，气自呼吸而启闭之，一筒致水数斗。凡筒井皆用机械，利之所在，人无不知。《后汉书》有“水鞴”，此法惟蜀中铁冶用之，大略似盐井取水筒。太子贤不识，妄以意解，非也。

---

*选自苏轼著，叶平注评：《东坡志林》，中州古籍出版社2018年版，第166页。

## 【作者简介】

苏轼(1037—1101),字子瞻,号东坡居士,北宋文学家、书法家、美食家、画家,北宋中期文坛领袖,在诗、词、散文、书、画等方面取得很高成就。文纵横恣肆;诗题材广阔,清新豪健,善用夸张比喻,独具风格,与黄庭坚并称“苏黄”;词开豪放一派,与辛弃疾同是豪放派代表,并称“苏辛”;散文著述宏富,豪放自如,与欧阳修并称“欧苏”,为“唐宋八大家”之一。苏轼善书,“宋四家”之一;擅长文人画,尤擅墨竹、怪石、枯木等。

## 【内容简介】

文章介绍了四川提取盐卤的方法。

四川生产井盐的技术,包含三个核心环节,分别是井、笕、灶。井是第一步,即打井开采盐卤水。北宋中期后,川南地区出现了卓筒井,即苏轼在文中所说的“筒井”,这是一次了不起的技术进步。盐井有什么特殊之处?盐卤水一般被岩石包裹,上面不会是沙土。设想一下,如果上面是沙土,那么雨水淡水很容易渗入,下面的也就不是盐卤水了。所以打盐井，得专挑有岩石的地方。

卓筒井是一种小口深井。凿井的时候，一般使用"一字型"钻头，日复一日、不断地以冲击方式舂碎岩石。击碎岩石以后，再注水或利用地下水，用竹筒将碎石屑以及水都汲出。用这种方法，盐井不断深入。卓筒井打井时间很长，短则几月，多则数年甚至十多年，直到打通岩层获得卤水为止。盐井深度可以达120米。越是深的盐井，卤水浓度越高，质量更好。

卓筒井的直径一般只有碗口大小，这样才能保证井壁不会崩塌。古人还将很粗的楠竹去节，首尾套接，外缠麻绳，涂以油灰，置于井内作为套管，防止井壁塌陷或者淡水浸入，也就是把楠竹作为第二层保护的井壁。而在取卤时，则以细竹作为汲卤筒，插入套管内，筒底以熟皮作为开闭阀门。这样一筒就可汲取数斗卤水。盐井上方则竖立一个大木架，俗称天车，用辘轳、车盘来提取卤水。总体来看，这种取卤方式，与今天开采海底石油有异曲同工之处。

# 耕耨之宜篇*

■〔宋〕陈　旉

夫耕耨之先后迟速,各有宜也。

早田获刈才毕,随即耕治晒暴,加粪壅培,而种豆麦蔬茹,因以熟土壤而肥沃之,以省来岁功役,且其收又足以助岁计也。

晚田宜待春乃耕,为其稿秸柔韧,必待其朽腐,易为牛力。

山川原隰多寒,经冬深耕,放水干涸,雪霜冻冱,土壤苏碎;当始春,又徧布朽薙腐草败叶以烧治之,则土暖而苗易发作,寒泉虽冽,不能害也。若不然,则寒泉常侵,土脉冷而苗稼薄矣。《诗》称"有冽氿泉,无浸获薪","冽彼下泉,侵彼苞稂……苞萧……苞蓍",盖谓是也。

---

*选自陈旉著,缪启愉选译:《陈旉农书选读》,农业出版社1981年版,第4页。

平陂易野，平耕而深浸，即草不生，而水亦积肥矣。俚语有之曰："春浊不如冬清"，殆谓是也。将欲播种，撒石灰渥漉泥中，以去虫螟之害。

**【作者简介】**

陈旉(1076—1156)，号西山隐居全真子，又号如是庵全真子，宋代隐士、农学家。他多年亲自参加农业经营，用心观察，对农业具有丰富的知识和实践经验。

**【内容简介】**

我国经济文化中心原先在黄河中下游，北方农业技术的进步远早于南方。南方的自然环境及其相应的农业技术，与北方不同。所以尽管春秋战国至秦汉的很长一段时期内，黄河流域的经济文化那样发达，南方还是地广人稀，长期远远落后于中原。楚、吴、越、汉和六朝的1000多年间，劳动人民在南方这一广大地区与自然作斗争，逐渐积累经验，不断从事农田基本建设，改变了自然面貌。唐代中期以后，全国经济重心终于移转到南方。西汉《氾胜之书》和后魏《齐民要术》所说的农业，都是属于北方旱作区域的。唐韩鄂《四时纂要》中的农业技术，主要引自《齐民要术》，也是基本上是属于北方的。陈旉《农书》是我们所能看到的谈论南方水稻区域栽培技术的第一部农书。

《耕耨之宜篇》谈论整地技术，分别四种不同情况，采取不同措施：一是早田收获后，抓紧时间，随手耕治施肥，种上二麦、蚕豆、豌豆或蔬菜，从而使土壤精熟肥沃，可以节省来年耕作的劳动力，还可以多得一季收获；二是晚田收获后来不及种上二麦、豌豆之类冬作物的，等待来春残茬腐烂后，会容易耕，可以节省牛力；三是山川环绕、排水不良而较冷的土地，秋后需要排水深耕，使土壤在冬春冻融而松软；四是宽广平坦的土地，冬季翻耕浸水，残茬杂草在土中沤烂，使土壤变肥。

# 耕图诗六首*

■〔宋〕楼　琦

## 浸种

溪头夜雨足，门外春水生。
筠篮浸浅碧，嘉谷抽新萌。
西畴将有事，耒耜随晨兴。
只鸡祭句芒，再拜祈秋成。

## 耕

东皋一犁雨，布谷初催耕。
绿野暗春晓，乌犍苦肩赪。

---

* 选自楼琦撰，焦秉贞绘，周膺、吴晶点校：《耕织图诗》，当代中国出版社2014年版，第7—25页。

我衔劝农字，杖策东郊行。
永怀历山下，往事关圣情。

## 插秧

晨雨麦秋润，午风槐夏凉。
溪南与溪北，笑歌插新秧。
抛掷不停手，左右无乱行。
我教插秧马，代劳民莫忘。

## 灌溉

揠苗鄙宋人，抱瓮惭蒙庄。
何如衔尾鸦？倒流竭池塘。
穲稏舞翠浪，籧篨生晨凉。
斜阳耿衷柳，笑歌闲女郎。

## 收刈

田家刈获时，腰镰竞仓卒。
霜浓手龟坼，日永身罄折。
儿童行拾穗，风色凌别褐。
欢呼荷担归，望望屋山月。

## 舂碓

娟娟月过墙，簌簌风吹叶。

田家当此时，村舂响相答。

行闻炊玉香，会见流匙滑。

更须水转轮，地碓劳蹴踏。

**【作者简介】**

楼琦（1090—1162），字寿玉，一字国器，鄞县（今浙江宁波）人。父楼异偿任明州知州，重开海上丝绸之路，善造航海巨舶。楼琦因父荫在婺州任佐贰官，后于绍兴三年（1133）任於潜县令。於潜盛产丝绸，楼琦笃意民事，绘成《耕织图》。除《耕织图》外，楼琦另有《六逸图》《四贤图》等画作。

**【内容简介】**

南宋绍兴年间（1131—1162），楼琦任於潜令时，绘制《耕织图》四十五幅，包括耕图二十一幅、织图二十四幅，每幅图均配诗一首。这里选取其中的六首。天子三推，皇后亲蚕，男耕女织，是中国古代小农经济的图景，因此，《耕织图》得到了历代帝王的推崇和嘉许。

《耕织图》是一卷诗画相配的文学艺术作品，有人将他的诗与南宋诗人范成大的作品相比较，认为其充满田园气息，也有人评价它更像是以农业为主题的农学著作，与《天工开物》《农政全书》相媲美，是一部有韵的农书。楼璹对农业生产的描绘细致入微而富有艺术感染力，这有赖于他的长期观察体验和高超艺术造诣。他在任县令时，跑遍於潜县十二乡。深入田头地角，出入农家，与当地有经验的农夫蚕妇研讨种田、植桑、织帛等技术的得失。尤其难得的是，它留下的从事农业生产的图像，成为文字资料之外的珍贵资料。

# 岭外代答·器用门*

■〔宋〕周去非

## 融剑

梧州生铁最良，藤州有黄岗铁最易。融州人以梧铁淋铜，以黄岗铁夹盘煅之，遂成松文，刷丝工饰，其制剑亦颇铦，然终不可以为良。

## 黎弓

诸猺皆以弩为长技，唯海南黎人以弓为长技。黎弓以木，亦或以竹，而弦之以藤，类中州弹弓。其矢之大其镞也，故虽无羽，亦可施之于射近。大抵黎弓正与倭弓相类，但倭弓长大，而黎弓短小耳。倭弓长丈许，据弓下梢于地，平身射之，手空矢长，能以

---

* 节选自周去非著，屠友祥校注：《岭外代答》，上海远东出版社1996年版，第119—124页。

无羽之矢,命中于百步之外。黎人弓短矢重。往者黎人跳梁,官兵以竹弓御之。矢不能毙人,大为黎人所轻。彼特未遇吾劲弓耳。然南方卑湿,角弓易坏,惟竹弓可用,不劲也固宜。若蛮峒之速樏木、加木、石木,天下之良材也,诚得是木制以为弓,虽角弓之劲,有不能当者,虽以威天下可也。

## 药箭

溪峒弩箭皆有药,唯南丹为最酷。南丹地产毒虺,其种不一,人乃合集酝酿以成药。以之傅矢,藏之竹筒。矢镞皆重缩。是矢也,度必中而后发。苟中,血缕必死。唯其土人自有解药。南丹之战也,人以甘蔗一节自随。忽尔中矢,即啖蔗,则毒气为之少缓。急归,系身于木株,而服解药,少焉毒作,身将奋掷,于木株系身,得不掷死。否则药作而自跃于虚空,陨地扑杀耳。邕州溪峒以桄榔木为箭镞,桄榔遇血悉裂,故其矢亦能害人。

## 梧州铁器

梧州生铁在熔则如流水,然以之铸器,则薄几类纸,无穿破。凡器既轻且耐久。诸郡铁工煅铜,得梧铁杂淋之，则为至刚，信天下之美材也。

## 木兰舟

浮南海而南，舟如巨室，帆若垂天之云，舵长数丈，一舟数百人，中积一年粮，豢豕酿酒其中，置死生于度外，径入阻碧，非复人世。人在其中，日击牲酣饮，迭为宾主，以忘其危。舟师以海上隐隐有山，辨诸蕃国皆在空端。若曰往某国，顺风几日，望某山舟当转行某方，或遇急风，虽未足日，已见某山，亦当改方。苟舟行太过，无方可返，飘至浅处而遇暗石，则当瓦解矣。盖其舟大载重，不忧巨浪而忧浅水也。又大食国更越西海至木兰皮国，则其舟又加大矣。一舟容千人，舟上有机杼市井，或不遇便风，则数年而后达，非甚巨舟不可至也。今世所谓木兰舟，未必不以至大言也。

## 藤舟

深广沿海州军，难得铁钉、桐油，造船皆空板穿藤约束而成。于藤缝中以海上所生茜草干而窒之，遇水则涨，舟为之不漏矣。其舟甚大，越大海商贩皆用之。而或谓要过磁石山而然，未之详尔。今蜀舟底以柘木为钉,盖其江多石,不可用铁钉,而亦谓蜀江有磁石山,得非传闻之误。

## 刳木舟

广西江行小舟,皆刳木为之,有面阔六七尺者。虽全成无罅,免繻袽之劳,钉灰之费,然质厚迟钝。忽遇大风浪,则不能翔,多至沉溺。要不若板船,(疑有脱文)虽善不能为矣。钦州竞渡兽舟,亦刳全木为之,则其地之所产可知矣。海外蕃船亦有刳木者,则其为木何止合抱而已哉!

## 舵

钦州海山有奇材二种:一曰紫荆木,坚类铁石,色比燕脂,易直,合抱以为栋梁,可数百年。一曰乌婪木,用以为大船之舵,极天下之妙也。蕃舶大如广厦,深涉南海径数万里,千百人之命,直寄于一舵。他产之舵长不过三丈,以之持万斛之舟,犹可胜其任,以之持数万斛之蕃舶,卒遇大风于深海,未有不中折者。唯钦产缜理坚密,长几五丈。虽有恶风怒涛,截然不动,如以一丝引千钧于山岳震颓之地,真凌波之至宝也。此舵一双,在钦直钱数百缗,至番禺、温陵，价十倍矣。然得至其地者，亦十之一二，以材长甚难海运故耳。

**【作者简介】**

周去非(1134—1189)，字直夫，永嘉(今浙江温州)人。曾受教于理学大师张栻。宋隆兴元年进士。淳熙五年(1178)，参考范成大《桂海虞衡志》，著成《岭外代答》。后仕至绍兴府通判。

**【内容简介】**

《岭外代答》记载宋代岭南地区(今两广一带)的社会经济、少数民族的生活风俗，以及物产资源、山川、古迹等情况。其中，外国门、香门、宝货门兼及南洋诸国，并涉及大秦、大食、狗国(即阿留申群岛)、木兰皮诸国，反映了当时岭南地区与海外诸国的交通、贸易等情况；边帅门概述岭南沿边各军事建置的渊源、演变和辖属；法制门列举一些当时岭南地区政治、经济方面特殊规定；财计门记载当时岭南地区的财政、商业等情况，并附有统计数字，这些都保留了许多正史中未备的社会经济史料。

## 江海船舰*

■〔宋〕吴自牧

浙江乃通江渡海之津道，且如海商之舰，大小不等，大者五千料，可载五六百人；中等二千料至一千料，亦可载二三百人；余者谓之“钻风”，大小八橹或六橹，每船可载百余人。此网鱼买卖，亦有名“三板船”。不论此等船，且论舶商之船。自入海门，便是海洋，茫无畔岸，其势诚险。盖神龙怪蜃之所宅，风雨晦冥时，惟凭针盘而行，乃火长掌之，毫厘不敢差误，盖一舟人命所系也。愚屡见大商贾人，言此甚详悉。若欲船泛外国买卖，则是泉州便可出洋，迤逦过七洲洋，舟中测水，约有七十余丈。若经昆仑、沙漠、蛇龙、乌猪等洋，神物多于此中行雨，上略起朵云，便见龙现全身，目光如电，爪角宛然，独不见尾耳。

---

* 选自吴自牧：《梦粱录》，浙江人民出版社1984年版，第111—113页。

顷刻大雨如注,风浪掀天,可畏尤甚。但海洋近山礁则水浅,撞礁必坏船。全凭南针,或有少差,即葬鱼腹。自古舟人云:"去怕七洲,回怕昆仑。"亦深五十余丈。又论舟师观海洋中日出日入,则知阴阳;验云气则知风色顺逆,毫发无差。远见浪花,则知风自彼来;见巨涛拍岸,则知次日当起南风;风电光则云夏风对闪。如此之类,略无少差。相水之清浑,便知山之近远。大洋之水,碧黑如淀;有山之水,碧而绿;傍山之水,浑而白矣。有鱼所聚,必多礁石,盖石中多藻苔,则鱼所依耳。每月十四、二十八日,谓之"大等日分",此两日若风雨不当,则知一旬之内,多有风雨。凡测水之时,必视其底,知是何等沙泥,所以知近山有港。若商贾止到台、温、泉、福买卖,未尝过七洲、昆仑等大洋。若有出洋,即从泉州港口至岱屿门,便可放洋过海,泛往外国也。其浙江船只,虽海舰多有往来,则严、婺、衢、徽等船,多尝通津买卖往来,谓之"长船等只",如杭城柴炭、木植、柑橘、干湿果子等物,多产于此数州耳。明、越、温、台海鲜鱼蟹鲞腊等货,亦上潬通于江、浙。但往来严、婺、衢、徽州诸船,下则易,上则难,盖滩高水逆故也。江岸之船甚夥,初非一色:海舶、大舰、网艇、大小船只、公私浙江渔捕等渡船、买卖客船，皆泊于江岸。盖杭城众大之区，客贩最多，兼仕宦往来，皆聚于此耳。

**【作者简介】**

吴自牧，生卒年不详，南宋人。宋朝灭亡后回忆并记载钱塘盛况，介绍南宋都城临安的城市风貌，并编写《梦粱录》。

**【内容简介】**

中国南方地区自唐以来海外贸易繁荣。东起菲律宾群岛，西到阿拉伯半岛和非洲东部的广大地区，在我国古代典籍中被称为南海。中国与南海广大海域的交流，可追溯到公元前三世纪。迟至唐代，从广州到波斯湾、阿拉伯半岛的海上航线已经形成。至宋代，造船工艺和航海技术有了很大的提高，特别是指南针在航海中的应用，使海船有可能由沿海岸航行跃进到横渡大洋、持续航行。据徐兢《宣和奉使高丽图经》记载，当时已有重锤测量深海地貌的方法。从经济上看，唐末五代至宋，由于经济重心南移，南方农业、手工业、商业发达，海外贸易也随之发展起来。宋朝“开基之岁，首定商税则例，自后累朝守为家法”。为增加国家财政收入,从宋开宝四年(971)在广州设立市舶司起,历朝宋帝对海外贸易都很重视。当时“国家根本,仰给东南”,南方成为宋政府的经济命脉所在。特别是南渡后,疆域缩小,开支增大,经济来源困竭,更倚重于江南经济和海外贸易。虽然宋政府也曾下令“禁海”,或限制商人下海贸易,但为增加市舶税收,对海外贸易一直是重视和开放的。因为市舶收入,动以百万计,有助国用,可宽民力,所以宋朝政府为招徕外商,采取了不少有利于海外贸易的措施,诸如保障外商的合法权益,帮助解决他们的困难,为他们准备宾馆,建筑仓库;或减税,或对促进贸易有功的商人,其抽解累价五万、十万贯以上的可以补官奖赏;对遭风浪漂泊的外商尽力救助;等等。

这些主客观条件,对两宋航海业和海外贸易起了很大的推动作用。故两宋期间,中国与高丽、日本、东南亚、南亚、西南亚、东北非洲各国进行大规模的航海贸易。据《岭外代答》《诸蕃志》等书记载,当时与南宋通商的有50多个国家和地区,宋商泛海外出贸易的多达20余个国家。在进行贸易的同时,中国海船还起到了沟通中国与阿拉伯、印度等古代文明的作用。

爱读书
读好书
善读书

# 解读

- 北宋沈括对于地学之贡献与纪述
- 杨辉三角的基本性质
- 宋代冶铁技术和铁制生产工具的发展进步
- 宋明理学与中医学
- 宋代科技发展的时代背景
- 宋代的照明技术

# 北宋沈括对于地学之贡献与纪述*

■竺可桢　徐　规

我国文学家之以科学著称者，在汉有张衡，在宋则有沈括。《四库全书总目》谓括在北宋，学问最为博洽，于当代掌故，及天文算法钟律，尤所究心；《宋史》载括博学善文，于天文、方志、律历、音乐、医药、卜算，无所不通，洵非溢美。自来我国学子之能谈科学者，稀如凤毛麟角，而在当时能以近世之科学精神治科学者，则更少。据《钱塘沈氏家乘》，括生于宋仁宗天圣九年（1031），卒于哲宗绍圣二年（1095）。正当欧洲学术堕落时代，而我国乃有沈括其人，潜心研究科学，亦足为中国学术史增光。惜当时人君不知学术为何事，士子欲显扬于时，惟有仕

---

*选自杭州大学宋史研究室编：《沈括研究》，浙江人民出版社1985年版，第1—15页。本文由竺可桢撰写，徐规校注。竺可桢（1890—1974），字藕舫，中国近代地理学和气象学的奠基者，著有《气象学》《物候学》等。

进之一途。沈括《答崔肇书》云：

> 人之于学，不专则不能，虽百工其业至微，犹不可相兼而善，况君子之道也。若某则不幸，所兼者多矣……然某少之时，其志于为学虽专，亦不能使外物不至也。复不幸家贫，亟于禄仕。仕之最贱且劳，无若为主簿，沂海淮沭，地环数百里，苟兽蹄鸟迹之所及，主簿之职皆在焉。然既已出身为吏，不得复若平时之高视阔步，择可为而后为，固宜少善其职矣。所职如是，皆善固不能也。欲其粗善，必稍删其多歧，专心致意，毕力于其事，而后可也，而又间有往还吊问，岁时媵腊，公私百役，十常兼其八九。乍而上下，乍而南北，其心懵懵跦跦，不知天地之为天地，而雪霜风雨之为晦明燠凉……

呜呼，可谓慨乎其言之矣，使括能择可为而为，专心致力于科学，其成就当有可观也。

近世科学注重实测，而括对于天文之观测，完全根据目见。我国古代皆以极星为天中，自六朝祖暅之以玑衡窥考天极不动处，乃在极星之末犹一度有余。至括亘三月之考验，绘图二百余幅，乃知当时极星，离天中不动处三度有余。

我国经传之势力，不亚于欧洲中世纪时之耶稣《圣经》，凡有背于古者，辄视为离经叛道。是以因《周礼·大司徒》："日至之景，尺有五寸，谓之地中"之一语，而后世遂误会之谓颍川阳城为地中，于是而地圆之说，遂不可通矣。括对古人之说，虽加以相当之尊重，但并不视为金科玉律。其论历法一条，抛弃一切前人之说，主张以节气定月，完全为阳历，而较现时世界重行之阳历，尤为正确合理。其言曰：

> 事固有古人所未至而俟后世者，如岁差之类，方出于近世，此固无古今之嫌也……予先验天百刻有余、有不足，人已疑其说。又谓十二次斗建，当随岁差迁徙，人愈骇之。今此历论，尤当取怪怨攻骂，然异时必有用予之说者。

括去今已八百余年，冬夏时刻之有余有不足，斗建之随岁差迁徙，与夫阳历之优于阴历，虽早已成定论。而在括当时能独违众议，毅然倡立新说，置怪怨攻骂于不顾，其笃信真理之精神，虽较之于伽利略(Galileo),亦不多让也。

括所著《梦溪笔谈》(下称《笔谈》)一书,久已脍炙人口,其对于天文历数之贡献,及其叙述毕昇之活版与夫指南针之有磁差,常为世人所引用。特括对地质气象,亦常有见识独到之处,故不揣浅陋,摘录《笔谈》《长兴集》与《宋人百家小说》所载,与地学有关者若干则,分门而类别之如下。

## 一、地形测量与地图

地球之大小,在欧洲于公元前三世纪时,希腊人爱拉托色尼(Eratosthenes,前275—前196)已测得其约数。在我国则《河图括地象》有云,地广东西二万八千里,南北二万六千里之语,虽与实数相差不远,但全属臆说,毫无凭证。至隋文帝末年刘焯始创平地测量经度,以定地之大小。其所著《浑天论》有云:

> 《周官》夏至日景尺有五寸,张衡、郑玄、王蕃、陆绩先儒等,皆以为景千里差一寸,言南戴日下万五千里,表景正同,天高乃异,考之算法,必为不可,寸差千里,亦无典据……焯今说

浑,以道为率,道里既定,得差乃审……请一水工并解算术士,取河南北平地之所,可量数百里,南北使正,审时以漏,平地以绳……得其差率,里即可知,则天地无所匿其形,辰象无所逃其数。

子午线之测量法,焯说可谓详尽正确。迄唐玄宗开元十二年(724),太史监南宫说乃有沿河南平地一带测定子午线之事业,大抵刘焯之说有以促成之。是实为世界子午线测量之第一次,较回教王阿尔曼孟(Al Mamum,785—833)于公元814年在美索不达米亚测量子午线事,约早九十年也。

隋唐之世,虽有测量子午线之事业,但迄宋代,天倾西北,地阙东南之说,犹盛行于时。故沈括《长兴集》浑仪议有云:

臣今辑古今之说以求数象,有不合者十有三事。其一,旧说以谓今中国于地为东南,当令西北望极星,置天极不当中北。又曰天常倾西北,故极星不得居中。臣谓以中国观之,天常北倚可也,谓极星偏西,则不然……臣观古之候天者，自安南都护府至浚仪(今开封)太岳台，才六千里，而北极之差，凡十五度。稍北不已，庸讵知极星之不直人上也。

开封与安南(今越南)都护，纬度相差约为十五度，特不在一经度上耳。括既知更北之地，在极星之下，则地球之周径，固不难推算也。

但括不特尚空谈已也，其于测量确有经验，《笔谈》卷二十五载：

熙宁中，议改疏洛水入汴。予尝因出使，按行汴渠，自京师上善门量至泗州淮岸，凡八百四十里一百三十步。地势，京师之地比泗州凡高十九丈四尺八寸六分。就京城东数里渠心穿井至三丈，方见旧底。验量地势，用水平、望尺、干尺量之，亦不能无小差。汴渠堤外皆是出土故沟，予因决沟水令相通，时为一堰节其水，候水平，其上渐浅涸，则又为一堰，相齿如阶陛。乃量堰之上下水面相高下之数，会之，乃得地势高下之实。(规按：各本《梦溪笔谈》著录此条多脱误，兹据《续资治通鉴长编》卷二四八，熙

宁六年十一月壬寅条附注引文补正。这是由邓广铭先生在《万春圩并非沈括兴建小考》一文中首先指出的)

是括之测量,不但为平面测量,而且为地形测量,其量地面高下之法,虽不尽善,但苟所筑之堰,极为平直,当不致有大差误。其所用之尺,虽未必精密,但计高度至于分寸,可见其行事之不苟且。欧洲古代,希腊虽曾经测海岸之远近,罗马盛时亦有测量街道之举,但地形测量在括以前则未之闻。且括曾云:“方家以磁石磨针锋则能指南,然常微偏东,不全南也……其中有磨而指北者。予家指南北者皆有之。”括既广贮指南针,则测量时利用之以定方位,亦意中事。且括定方向用二十四至,在括以前古人所作之地图及地理书籍,如唐李吉甫之《元和郡县志》,宋乐史之《太平寰宇记》记述方向均用八到,极不精密。即括以后王存所著《元丰九域志》亦仅加以界首距某地之方法,于方位之分析,未加以改良。独括觉八到之不足用,而以二十四至定方位,其精密即可超出前人三倍,与今日欧人航海所用三十二至者相差盖不远也。据《补笔谈》二十八卷:

古人有飞鸟图，不知何人所为。所谓飞鸟者，谓虽有四至里数，皆是循路步之，道路迂直而不常，既列为图，则里步无缘相应，故按图别量径直四至，如空中飞鸟直达，更无山川回屈之差。予尝为守令图，虽以二寸折百里……分四至八到为二十四至，以十二支，甲乙丙丁庚辛壬癸八干，乾坤艮巽四卦名之。使后世图虽亡，得予此书，按二十四至以布郡县，立可成图，毫发无差矣。（已参校胡道静《新校正梦溪笔谈·补笔谈》卷三）

依《浙江通志》括所著书而今不存者，有《天下郡县图》一部、《使辽图抄》一卷。但按《补笔谈》所云，则除地图而外，尚有专书，其中各郡县之二十四至，均有详细叙述。按书即可以成图。而此二十四至中，有干支有八卦。

元明时代，航海罗盘针所用之二十四至，即依括所述之方法。元永嘉周达观撰《真腊风土记》有云：

真腊国或称占腊，其国自称日甘孛智(Cambodia)。今圣朝按西番经，名其国曰澉浦只，盖亦甘孛智之近音也。自温州开洋，行丁未针，历闽广海外诸州港口，过七洲洋，经交趾洋，到占城。又自占城顺风可半月到真蒲，乃其境也。又自真蒲行坤申针，过昆仑洋入港。

可知元代之航海针经所用之二十四至，已遵照沈括之所述矣。逮明永乐派太监郑和往南洋，嗣后帆舟络绎，其截流横波，全惟指南针之是恃，而其二十四至，亦与括所云者合若符节。明茅元仪所著《武备志》中，对于郑和来往行程所取之指针叙述尤详。括既知指南针之性质，其在图上所用之二十四至又与后世罗盘针上之二十四至相吻合，则括或即为利用指南针以测量地点方位之第一人，亦未可知也。

我国古籍中述及用罗盘针，以航海者，当推朱彧之《萍洲可谈》为最早，而其时实去括不远也。

德人夏德氏著《中国古代史》，其中误引朱彧《萍洲可谈》一书，遂谓我国之利用罗盘针以航海，乃得诸阿拉伯人。其错谬已经日人桑原骘藏之指正。欧人之利用指南针以制图，盖在十四世纪，现时所发现最早之portolan charts成于1311年。

但沈括对于地图学之贡献，尚不止此。括于地形高下极为注意，既以水准测量，又复笔之于图。此外，尚有地面模型之创作。《笔谈》卷二十五：

> 予奉使按边，始为木图，写其山川道路。其初遍履山川，旋以面糊木屑写其形势于木案上。未几寒冻，木屑不可为，又熔蜡为之，皆欲其轻而易赍故也。至官所，则以木刻上之。上召辅臣同观，乃语边州皆为木图，藏于内府。(已参校胡道静《新校正梦溪笔谈》补正，以下同)

以木屑与蜡为地面模型，亦为沈括之发明。据《鹤林玉露》云："朱文公尝欲以木作《华夷图》，刻山水凹凸之势，合木八片为之，以雌雄笋相入，可以折，度一人之力，足以负之，每出则以自随。后竟未能成。"云云。朱晦庵取法于沈括之处颇不少，即此一端亦受沈括之影响者欤。

## 二、地质学

我国自古虽有高山为谷，深谷为陵之说。但能

举例为证者,已不多见。至于能阐明山谷变迁真确之原因,则更绝无其人。有之,当推沈括始。《笔谈》卷二十四:

> 予观雁荡诸峰,皆峭拔险怪,上耸千尺,穹崖巨谷,不类他山,皆包在诸谷中。自岭外望之,都无所见。至谷中则森然干霄。原其理,当是为谷中大水冲激,沙土尽去,惟巨石岿然挺立耳。如大小龙湫、水帘、初月谷之类,皆是水凿之穴,自下望之,则高岩峭壁,从上观之,适与地平,以至诸峰之顶,亦低于山顶之地面。世间沟壑中水凿之处,皆有植土龛岩,亦此类耳。

括所云大水冲激,沙土尽去,惟巨石岿然挺立,是即今日地质学家之所谓剥蚀。在我国十一世纪时,而有此种见解,可称卓识。所可奇者,西方同时有阿拉伯人阿维森纳(Avicenna, 980—1037)以剥蚀作用解释山岳之成因,其说与括如出一辙。而在西方当时,亦为创见也。

化石之成因,古代希腊学者如Xenophane, Herodotus, Eratosthenes等,虽已知其梗概,及至欧洲中世纪，教会势力日盛，上帝七日造成世界之说，奉为圭臬，故降至十六世纪，对于化石之解释，尚异说纷纭，为荒诞不经之论。沈括对于化石之推论，极为精确。《笔谈》卷二十四：

> 予奉使河北，遵太行而北，山崖之间，往往衔螺蚌壳及石子如鸟卵者，横亘石壁如带。此乃昔之海滨，今东距海已近千里。所谓大陆者皆浊泥所湮耳……凡大河、漳水、滹沱、涿水、桑干之类，悉是浊流。今关、陕以西，水行地中，不减百余尺，其泥岁东流，皆为大陆之土，此理必然。

据上所述，则河流之沉淀作用，括亦知之甚悉，不让于欧洲古代之亚里士多德与施太波（Strabo）也。

## 三、气象学

雨师、风伯、雷公、电母之说，自来风行于我国。括于气象学诸现象，有时亦不免为普通迷信所蒙蔽，如信雨雹为王师平河州之先兆，雷击人胁上有字，击木有雷楔等是也。且五行阴阳之说，中毒亦复不浅，如《笔谈》卷七：

> 熙宁中，京师久旱；祈祷备至，连日重阴，人谓必雨。一日骤晴，炎日赫然，予时因事入对，上问雨期。予对曰："雨候已见，期在明日。"众以谓频日晦溽，尚且不雨，如此旸燥，岂复有望？次日，果大雨。是时湿土用事，连日阴者，从气已效，但为厥阴所胜，未能成雨。后日骤晴者，燥金入候，厥阴当折，则太阴得伸，明日运气皆顺，以是知其必雨。

但可取之说，亦复不少。如谓"虹，乃雨中日影也，日照雨则有之。"又谓行船须于五鼓初起，视星月明浩，四际至地皆无云气，便可行，至于巳时即止，如此，无复与暴风遇云云。是皆有至理存于其间。其所建《景表仪》中谓浊入浊出，即近世所谓蒙气。陆龙卷向视为美洲特具之现象，自1901—1910年之十年间，据徐家汇观象台所接各方之报告，仅在山东，有一类似陆龙卷之现象。但《笔谈》卷二十一所记，则我国之有陆龙卷无疑。

熙宁九年，恩州武城县，有旋风自东南(?)来，望之插天如羊角，大木尽拔。俄顷，旋风卷入云霄中。既而渐近，乃经县城，官舍民居略尽，悉卷入云中。县令儿女奴婢，卷去复坠地，死伤者数人。民间死伤亡失者不可胜计。县城悉为丘墟，遂移今县。

各地气候，视乎纬度高度之不同而有先后，是以放花陨叶之时，不可以概论。七十二候乃本诸《礼记·月令》，七国时中原之气候，其不能适用于长江以南诸省及山岭之地也明甚。《笔谈》卷二十六：

土气有早晚，天时有愆伏。如平地三月花者，深山中则四月花。白乐天《游大林寺》诗云："人间四月芳菲尽，山寺桃花始盛开。"盖常理也。此地势高下之不同也……岭峤微草，凌冬不凋；并、汾乔木，望秋先陨。诸越则桃李冬实，朔漠则桃李夏荣。此地气之不同也。

括足迹遍南北，所见者广，故以目睹之事实，足以证月令之疏也。清代刘继庄作《广阳杂记》，其中有与括相类似之说。

## 四、人生地理

对于人生地理，括之贡献极多。括不但能笔之于书，且能施诸实用以裨益苍生。《宋史·沈括列传》：

> 括字存中，以父任沭阳主簿……故迹漫为汙泽，括新其二坊，疏水为百渠九堰，以播节原委，得上田七千顷。

依《长兴集》，括于仁宗嘉祐六年（1061），为宣州宁国县令，图视芜湖，作万春圩。所谓圩者，即规其地以堤而艺其中之谓。当时有丁万四千人，发原决薮，焚其菑翳，五日而野开，表堤行水，称材赋工，凡四十日而毕。圩中为田千二百七十顷，为通途二十二里。后四岁，郡国十八大水，江浙汉沔间，所在泛人，庐舍流徙，皆以万计。宣、池之间，圩之沉者千余区，而万春独屹然藩其一方云云。足知沈括为守令时，对于水利进行之不遗余力矣。

及为使聘辽，亦能引用地理知识，不辱君命，而制胜于折冲樽俎之间。《宋史·沈括列传》：

辽萧禧来理河东黄嵬地，留馆不肯辞，曰："必得请而后反。"帝遣括往聘……至契丹庭，契丹相杨益戒来就议。括得地讼之籍数十，预使吏士诵之，益戒有所问，则顾吏举以答。他日复问，亦如之。益戒无以应，谩曰："数里之地不忍，而轻绝好乎？"括曰："师直为壮，曲为老。今北朝弃先君之大信，以威用其民，非我朝之不利也。"凡六会，契丹知不可夺，遂舍黄嵬而以天池请。括乃还，在道图其山川险易迂直，风俗之纯庞，人情之向背，为《使契丹图抄》上之。拜翰林学士、权三司使。

括于历史地理，辨析亦极为精微。其辨云、梦二字，可见一斑。《笔谈》卷四：

予按孔安国注，"云梦之泽在江南"，不然也。据《左传》："吴人入郢，楚子涉睢，济江，入于云中。王寝，盗攻之，以戈击王，王奔郧。"楚子自郢西走涉睢，则当出于江南；其后涉江入于云中，遂奔郧，郧则今之安州。涉江而后至云,入云然后至郧,则云在江北也。《左传》曰:“郑伯如楚,王以田江南之梦。”杜预注云:“楚之云、梦,跨江南北。”曰“江南之梦”,则云在江北明矣。

此外如辨二疏之墓不在海州,八川不入太湖,其言均极精到。至于当时之经济地理,括尤为留意。宋代茶、盐二物出产消耗之地理上分配,言之极详。《笔谈》卷十一:

> 盐之品至多……今公私通行者四种:一者末盐,海盐也,河北、京东、淮南、两浙、江南东西、荆湖南北、福建、广南东西十一路食之。其次颗盐,解州盐泽及晋、绛、潞、泽所出,京畿、南京、京西、陕西、河东、褒、剑等处食之。又次井盐,凿井取之,益、梓、利、夔四路食之。又次崖盐,生于土崖之间,阶、成、凤等州食之。惟陕西路颗盐有定课,岁为钱二百三十万缗。自余盈虚不常,大约岁入二千余万缗。

惟括于盐之供求知之有素,故当神宗欲禁蜀盐而运解盐时，遂能根据利弊，直陈而寝其事。

据括著《国朝茶法》，知当时之六榷货务，十三山场，都卖茶岁一千零五十三万三千七百四十斤半，其中六榷货务所抛占茶五百七十三万六千七百八十六斤半，约占全数55%。兹将六榷货务之名称，产茶地点，及售出量百分数列表如下：

| 榷货务 | 茶之来源 | 售茶量百分数 |
| --- | --- | --- |
| 荆南 | 潭、鼎、澧、岳、归、峡州，荆南府 | 15.3 |
| 汉阳 | 鄂州 | 4.2 |
| 蕲州蕲口 | 潭、建州，兴国军 | 8.7 |
| 无为军 | 潭、筠、袁、池、饶、建、歙、江、洪州，南康、兴国军 | 14.7 |
| 真州 | 潭、袁、池、饶、歙、建、抚、筠、宣、江、吉、洪州，兴国、临江、南康军 | 49.7 |
| 海州 | 睦、湖、杭、越、衢、温、婺、台、常、明、饶、歙州 | 7.4 |

可知当时真州实为茶业销售及出产之中心也。

石油在现世已成最要矿产之一，列强往往以一区区石油矿，而起交涉，动干戈。但在有宋之际，世人固不知石油之可以利用。独括谓：

> 鄜延境内有石油……予疑其烟可用，试扫其煤以为墨，黑光如漆，松墨不及也，遂大为之。其识文为“延川石液”者是也。此物后必大行于世，自予始为之。盖石油至多，生于地中无穷，不若松木有时而竭。今齐、鲁间松林尽矣，渐至太行、京西、江南，松山大半皆童矣。造煤人盖未知石烟之利也。

括谓“此物后必大行于世”，固有先知之明，但目前世界石油，不出数十年，即将用罄，不识括生于斯世，又作若何感想也。

# 杨辉三角的基本性质*

■ 华罗庚

我们先来考察一下杨辉三角里面数字排列的规则。一般的杨辉三角是如下的图形：

1

1 1

1 2 1

1 3 3 1

1 4 6 4 1

1 5 10 10 5 1

1 6 15 20 15 6 1

…… ……

* 选自华罗庚：《从杨辉三角谈起》，中国青年出版社1962年版，第7—10页。华罗庚（1910—1985），中国解析数论创始人和开拓者，著有《堆垒素数论》《数论导引》《从单位圆谈起》《数论在近似分析中的应用》等。

第$n$行　$1, C_{n-1}^{1}, \cdots, C_{n-1}^{r-1}, \cdots, C_{n-1}^{r}, \cdots, C_{n-1}^{n-2}, 1$

第$n+1$行　$1, C_{n}^{1}, C_{n}^{2}, \cdots, C_{n}^{r}, \cdots, C_{n}^{n-1}, 1$

…… ……

这里,记号$C_n^r$是用来表示下面的数:

$$C_n^r=\frac{n(n-1)\cdots(n-r+1)}{r!}=\frac{n!}{r!(n-r)!}$$

而记号$n!$[同样$r!$和$(n-r)!$],我们知道它是代表从1到$n$的连乘积$n(n-1)(n-2)\cdots3\cdot2\cdot1$,称为$n$的阶乘。学过排列组合的读者还可以知道,$C_n^r$也就是表示从$n$件东西中取出$r$件东西的组合数。

从上面的图形中我们能看出什么呢?就已经写出的一些数目字来看,很容易发现这个三角形的两条斜边都是由数字1组成的,而其余的数都等于它肩上的两个数相加。例如2=1+1,3=1+2,4=1+3,6=3+3……其实杨辉三角正就是按照这个规则作成的。在一般的情形,因为

$$\begin{aligned}C_{n-1}^{r-1}+C_{n-1}^{r}&=\frac{(n-1)!}{(r-1)!(n-r)!}+\frac{(n-1)!}{r!(n-1-r)!}\\&=\frac{(n-1)!}{r!(n-r)!}[r+(n-r)]=\frac{n!}{r!(n-r)!}\\&=C_n^r\end{aligned}$$

这说明了,上图中的任一数$C_n^r$等于它肩上的两数$C_{n-1}^{r-1}$和$C_{n-1}^r$的和。

为了方便起见,我们把本来没有意义的记号$C_n^0$和$C_{n-1}^n$令它们分别等于1和0,这样就可以把刚才得到的结果写成关系式:

$$C_{n-1}^{r-1}+C_{n-1}^{r}=C_n^r,(r=1,2,\cdots,n)$$

而称它为杨辉恒等式。这是杨辉三角最基本的性质。

对于杨辉三角的构成,还可以有一种有趣的看法。

如图1,在一块倾斜的木板上钉上一些正六角形的小木块,在它们中间留下一些通道,从上部的漏斗直通到下部的长方框子。把小弹子倒在漏斗里,它首先会通过中间的一个通道落到第二层六角板上面,以后,落到第二层中间一个六角板的左边或右边的两个竖直通道里去。再

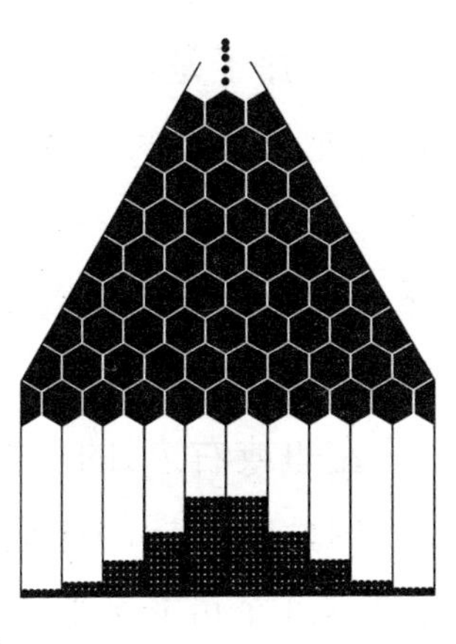

图1

以后，它又会落到下一层的三个竖直通道之一里面去。这时，如果要弹子落在最左边的通道里，那末它一定要是从上一层的左边通道里落下来的才行(1个可能情形)；同样，如果要它落在最右边的通道里，它也非要从上一层的右边通道里落下来不可(1个可能情形)；至于要它落在中间的通道里，那就无论它是从上一层的左边或右边落下来的都成(2个可能情形)。

这样一来，弹子落在第三层(有几个竖直通道就算第几层)的通道里，按左、中、右的次序，分别有1,2,1个可能情形。不难看出，在再下面的一层(第四层)；左、右两个通道都只有1个可能情形(因为只有当弹子是从第三层的左边或右边落下来时才有可能)；而中间的两个通道，由于它们可以接受从上一层的中间和一边(靠左的一个可以接受左边，靠右的一个可以接受右边)掉下来的弹子，所以它们所有的可能情形应该分别是第三层的中间和一边(左边或右边)的可能情形相加，即是3个可能情形。因此第四层的通道按从左到右的次序，分别有1,3,3,1个可能情形。

照同样的理由类推下去，我们很容易发现一个事实，就是任何一层的左右两边的通道都只有一个可能情形；而其他任何一个通道的可能情形，等于它左右肩上两个通道的可能情形相加。这正是杨辉三角组成的规则。于是我们知道，第 $n+1$ 层通道从左到右，分别有 $1, C_n^1, C_n^2, \cdots, C_n^{n-1}, 1$ 个可能情形。

我们还可以这样来看上面的结论：如果在倾斜板上做了 $n+1$ 层通道；从顶上漏斗里放下 $1+C_n^1+C_n^2+\cdots+C_n^{n-1}+1$ 颗弹子，让它们自由地落下，掉在下面的 $n+1$ 个长方框里。那末分配在各个框子中的弹子的正常数目（按照可能情形来计算），正好是杨辉三角的第 $n+1$ 行。注意，这是指"可能性"而不是绝对如此。这种现象称为概率现象。

# 宋代冶铁技术和铁制生产工具的发展进步*

■漆　侠

劳动生产资料，或者说生产工具，在社会生产总过程中具有重大的意义和作用。用马克思的话来说，它"不仅是人类劳动力发展的测量器，而且是劳动借以进行的社会关系指示器"；尤其是其中的机械性的劳动资料，构成为"生产的骨骼系统和肌肉系统"，"更能显示一个社会生产时代具有决定意义的特征"。因此，考察包括宋代在内的封建时代社会生产力的发展，首先从冶铁技术和铁制生产工具的进步、变革开始，就十分必要了。

我国冶铁和铁制工具的出现较晚。二十世纪七十年代初在河北藁城发现的殷代前期的铁刃铜钺，

---

*摘自漆侠：《宋代社会生产力的发展及其在中国古代经济发展过程中的地位》，载《中国经济史研究》1986年第1期。漆侠（1923—2001），原名漆仕荣，字剑萍，历史学家，著有《宋代经济史》《秦汉农民战争史》《王安石变法》等。

经过科学检验，所使用的铁是陨铁而非冶炼铁。冶炼铁大概始于西周后期，《诗经·秦风》中的“驷驖”中的“驖”，当是最早的“鐵”字。由于在冶炼铁之前我国古代冶铜业的高度发展，所以在块炼法制铁出现不久，即能够以块炼法炼成的铁块放在炭火中渗碳而制成渗碳钢。这从江苏六合程桥镇、湖南长沙出土的春秋后期吴楚两国制作的铁条、铁丸和钢剑，得到了充分的说明。

战国秦汉时期，我国冶铁技术有了进一步的发展。战国初期，利用“退火”的处理方法，将白口生铁或着重于“脱炭”而制成白心韧性铸铁，或着重于“石墨化”而制成黑心韧性铸铁。用这种铸铁锻制成功的各种器物，较前此白口生铁制成的多种器物，既有良好的韧性，又耐磨损冲击，为大批量制作农具创造了重要条件。国外的这两种生铁柔化技术，前者发明于欧洲十八世纪，后者于十九世纪由美国创造，均比我国晚了两千多年。秦统一后，原在赵国以冶铁起家的卓氏以及程氏，被迁至蜀川，至临邛，“即铁山鼓铸”，“贾椎髻之民”，成为富倾滇蜀的素封之家，进一步促进了西南地区的冶铁业发展。此后，随着张骞的“凿空”西域，我国的铁器又沿着丝绸之路远及西方诸国,并得到了罗马博物学家普林内的称赞。

战国时冶铁技术的变革推动了铁制工具的不断更新。孔夫子的时代,耕作靠人力,所谓“跖耒而耕,不过十亩”者是也。战国时代创造了“V”形铁口犁,虽然这时候的犁还很薄小,不能翻土,仅能犁出一道沟,却是我国农具发展史上一个划时代的变更。它逐步代替了耒(宋以后谓之踏犁),利用马牛等畜力牵引耕作;在大大提高劳动生产率的同时,为尔后深耕细作也创造了条件。汉武帝将铸钱、冶铁、盐三大利收归国家,官府置工巧奴铸造各种农具,进行大批量生产,使农具的制作规范化、制度化,对农业的变革起了重大的促进作用。这时期制造的“大田器”——犁,有的重达十多千克。西汉以来我国长时期沿用的二牛抬杠的耕作方法,当是这种“大田器”出现后对旧耒耕作方法实行变革的一个结果。汉代又现出了犁壁,犁壁能够把犁起的土块翻转过来,对提高亩产量具有明显的作用。

从多年来出土的战国秦汉时期的农具考察,我国考古工作者早在五十年代便曾指出,这一历史时期的农业生产工具不论是种类上还是数量上,都是不断增长着的。这一事实充分说明了铁制农具不断变革和发展，以及由此而产生的对农业生产的巨大影响和作用。文献资料也说明了，直接的生产劳动者——广大农民，在这样一个变革过程中，极其敏锐地察觉到，农具同他们自己有着切肤的利害："农天下之大业也；铁器，民之大用也。器用便利，则用力少而得作多，农夫乐事劝功"；"铁器者，农夫之死士也"。直接劳动生产者与先进铁制农具的密切结合，反映了这时期社会生产力的发展。

继战国秦汉之后，唐宋之际特别是两宋三百年间是我国古代冶铁技术和铁制工具第二次变革的重要时期，变革的主要内容是：灌钢法、百炼钢法的广泛使用，铁犁进一步改进，钢刃农具的创制和推广，等等。特别是由于铁产量的激增使这次变革具有了更坚实的基础。

先说冶钢技术。灌钢是"杂炼生鍒"而成钢的一种冶钢法，创始于魏晋，宋代则广泛应用。沈括对这种冶钢法有过如下的描述："所谓钢铁者，用柔铁屈盘之，乃以生铁陷其间，泥封炼之，锻令相入，谓之团钢，亦谓之灌钢。"范成大所记载的潭州醴陵方响铁"其法以岁久铛铁为胜，常以善价买之，甚破碎者亦入用”,大约也是使用灌钢一类的冶钢法。《淳熙三山志》记载福州除冶炼生铁、鑐铁(即熟铁)之外,“还以生柔相杂和,用以作刀剑锋刃者为钢铁”。这又指明了包括刀剑在内的一些铁工具在这种冶钢技术下锋刃上使用钢铁锻成。灌钢之外,还有百炼钢。沈括认为:灌钢是“伪钢”,只有磁州锻坊中冶炼的钢才是真钢,“但取精铁锻之百余火,每锻称之,一锻一轻,至累锻而斤量不减,则纯钢也”,它“色清明,磨莹之,则黯黯青且黑,与常铁迥异”。百炼钢也是创自魏晋六朝,而在宋代推广的,主要用于冶兵。此外,广南西路梧州等地冶铁,则杂有微量的铜,具有防锈的功能,器物轻薄而耐久,为世所称,这也是宋代冶铁技术的一项改进。

冶铁炼钢需要高温,宋代冶铁技术的进步,与煤的广泛使用有密切关系。魏晋六朝开始以煤冶铁。宋代由于煤炭开采的日益广泛,森林面积的日益缩小,煤成为北方广泛使用的一种燃料,家庭生活使用它,铸钱冶铁也使用它。宋仁宗时李昭遘知泽州,“阳城冶铸铁钱,民冒山险输矿炭”,就是一例。宋神宗元丰元年,徐州利国监也因当地白土镇开采出来了煤,也用来冶铁,这是大家熟知的一件事。苏轼在《石炭》一诗中提到以石炭“冶铁作兵，犀利胜常云”。钢刃农具兵器之能够大批量生产，与煤使用在冶铁上是分不开的。

单是冶铁技术进步还不行，还需要铁产量多。而宋代铁产量在当时世界上是首屈一指的。二十年前，美国郝若贝教授（Professor Robert Hartwall）以宋代武器制作、铁钱铸造和农具使用等方面消耗的铁为根据，估计宋神宗元丰元年（1078）的铁产量在七万五千吨至十五万吨之间。而这一产量则为1640年英国工业革命时的二倍半到五倍，同时还可与十八世纪欧洲（包括俄国欧洲部分）诸国十四万吨到十八万吨的总产量相比。如果把这个估计的最低产量七万五千吨改为十五万吨，可能更接近于当时的产量。这是因为，宋代农具所耗费的铁是巨大的。宋神宗元丰初年的主客户约一千六百万户，其中直接从事农业生产的农户将近一千四百万户。如果每个农户年均需铁量以十斤计算，那么全国农户需铁一亿四千万斤，亦即七万吨，加上其他方面的消耗，至少为十五万吨。把最低产量定为这个数字是与实际相去不远的。

文献材料也证明了，农具生产在宋代冶铁手工业中占有大宗。宋真宗时，知滨州吕韦简要求朝廷豁免农具税，宋神宗时，曾许可戎、泸州一带夷汉杂居的地区，如因购买农具不方便，可以申请设置草市；从这里可以看出农具作为一宗重要的商品广泛流通于各地方市场了。宋仁宗以来，兖州一家由吕规经营的私人冶铁作坊“募工徒，斩木锻铁，制器利用，视他工尤精密”，采取薄利多销的办法大发其财，于是，“凡东州之人，一农一工，家爨户御，其器皆吕氏作也”。宋神宗元丰初，河北转运司禁止徐州利国监冶户们制作的铁器运往河北销售，冶户们因而皆有“失业之忧”。私人作坊的各种铁器不但充斥于各地方市场，而且由于铁器之多，在市场上有竞争，使官府不得不出面干预。但是，在有的地区，因铁器短缺，又唯恐邻路阻遏这个流通。如两浙路温州等地，靠福州宁德永福诸县所制铁锅农器经海上贩运过来，由于福建转运司有“下海”之禁，则由两浙转运司出面申请撤除禁令。所有上述情况，反映了铁制农具制作之多，流通之活跃和社会需要之紧迫，从而说明铁制农具与社会的密切关系。其次，宋代产铁地区，如果从铁课税收方面看，北方占主要地位，诸如磁州、邢州、徐州、兖州、淄州以及河东路许多州军都是著名的铁产地，北方铁产量确实高于南方。但是，南方铁产量也非常可观，诸如兴国军磁湖、舒州宿松、福州等地制作的铁器基本上满足了东南地区的需要。

在冶铁技术有所改进和推广，铁产量激增的同时，宋代在农具制作上也有所变革和创新。宋代使用的曲辕犁创始于唐代，晚唐的陆龟蒙曾经在其《耒耜经》一文中详细记录了它的形制和构成。这种犁由直辕改为曲辕，在操作使用掉转方向方面更加方便和灵活，特别由于犁镵长一尺四寸，广六寸，犁壁长广皆一尺，深耕翻土的性能愈加良好。因此，范成大在《吴郡志》中称赞吴中农具甲天下。当然，这种最先进的农具不限于吴中一隅，其他地区也推广使用。如在南宋孝宗时，经詹体仁的努力，把这种犁推广到静江府(广西桂林)，方才改变了那里的"田器薄小不足以尽地力"的落后状态。特别值得注意的是宋代的犁有了"銐刀"的装置，这是对犁的一项重大改进。"銐刀"也谓之"开荒銐刀"，即王祯《农书》上所谓的"劚"刀，用来垦辟荒田的。两淮是南宋垦荒的重点地区，凡是派到这个地区垦荒的农户，"或是六丁加一銐刀"，或是"每牛三头用开荒銐刀一副”，都配置了这种工具。这种工具，是“辟荒刀也，其制如短镰，而背则加厚”；将其安置在犁上，“如泊下芦苇地内，必用劚刀引之，犁鑱随耕起发乃易、牛乃省力”。两宋三百年间曾对两浙江淮大片低洼地进行了大力改造。对低洼地改造，一是排水，（或筑圩御水），一是排水后芟刈丛生的蒲芦杂草。劚刀就是改造这种低洼地的极其得力的工具。正因为劚刀在垦辟荒地中具有这种作用，已故刘仙洲教授在其所著《中国古代农业机械发明史》一书中，对这项创造大加称赞，认为是一件值得大书特书的事情。

元明清以来对冶铁技术、农具改进不多，明中叶采用了“生铁淋口”的技术，对锄镰等小农具制作成功了“擦生”农具，造价低廉，值得称道，但同前此的两项改革，正如有的论文所指出的，已是相去甚远，不能同日而语了。

# 宋明理学与中医学*

■林　殷　陈可冀

宋明理学亦称道学，是宋明时期流行的以理为基本概念的新儒学，由儒、释、道相互融合而产生，其原旨是对汉唐以来章句注疏之学和笃守师说的反对。汉儒治经，偏重考据注疏、名物训诂，唐儒治经则上承汉儒。孔颖达《五经正义》以"疏不破注"为原则，其流弊导致群儒以疑经为背道、以破注为非法，严重桎梏了思想界的活力。宋儒奋起，大破汉唐"传注"，以"舍传求经"到"疑经改经"，松动了思想界的重压，形成了各家异说、学派涌现的新格局。

北宋周敦颐（1017—1073）首先建立了融合儒道的一家之言，史称"濂学"。王安石（1021—1086）

* 选自林殷、陈可冀：《儒家文化与中医学》，中国中医药出版社2017年版，第12—15页。林殷（1956—　），中医养生康复专家，著有《中西医康复医学》《儒家文化与中医学》等。陈可冀（1930—　），中医及中西医结合临床专家，主编《清宫医案研究》等。

编撰《三经新义》，号为“新学”。张载（1020—1077）讲学关中，程颢（1032—1085）、程颐（1033—1107）讲学洛阳，都提出了比较详密的理论体系，于是有了“关”“洛”之学；加上以苏轼（1037—1101）、苏辙（1039—1112）兄弟为代表的“蜀学”，可谓学派聚奎，相得益彰。

南宋以后，理学分为程朱学派和陆王学派。朱熹（1130—1200）是理学的集大成者，他发挥程颐的思想，认定“理”先天地而存在，把抽象的“理”（实指封建伦理准则）提到永恒、至高无上的地位，将理学发展成庞大的客观唯心主义体系。南宋陆九渊（1139—1193）和明代王守仁（1472—1529），把“心”看作宇宙万物的本原，用“宇宙便是吾心，吾心即是宇宙”（《陆九渊集》卷二十二）和“无心外之理，无心外之物”（王守仁《传习录上·语录一》）的命题，否定客观世界的存在，以主观唯心主义与程朱理学相抗衡。因陆九渊提出“圣人之学，心学也”，故后人称此派为“心学”。

宋儒不受汉唐训诂的束缚，从理论上另有新解，开启以己意解经之风，对于先秦儒家义理的领悟实较汉唐诸儒前进一步，但其训诂有时陷于武断，无论朱、陆都比较偏重“道德性命”问题，对于国计民生的实际问题研究较少。于是，此期间出现了陈亮（1143—1194）、叶适（1150—1223）的事功之学，对理学有所批评。

经历南宋、元代到明初，朱学成为占主导地位的正统学派，定为国是，设科取士非朱熹之说不用。朱学列为官学的同时，陆九渊、王守仁之心学在民间流行。与朱熹、陆王两家不同的，还有推崇张载学说以“气”为最高实体的思想家，如明代罗钦顺（1465—1547）、王廷相（1474—1544）、唐鹤征（1538—1619）等人，形成了比较重视实际的儒家新学派。但宋明理学一直是中国封建社会后期的统治思想和儒学的主要表现形式，对中国传统文化的综合发展有积极作用。

总之，宋明理学以恢复所谓儒家道统自诩，融会佛、道，将儒家伦理学说概括、升华为哲学的基本问题，具有较强的思辨性，并吸取当时高度发展的自然科学成果，成为有辩证思维的新儒学。

中医学至北宋以后也新说肇兴。《四库全书总目·医家类》说：“儒之门户分于宋，医之门户分于金元。”此论基于两点考虑，一是医生职业自宋以后，由草泽铃医移于儒家士大夫，故治学风气也随儒学转移，而其变化必与儒学发展错后一步；二是从医家诸学说的发展规模、影响范围而言，就新说出现的契机论，实始自北宋，至金元而大盛。

北宋哲宗时（1086—1100），太医刘温舒据唐代王冰注撰《素问入式运气论奥》，是言运气之始；沈括（1031—1095）在《梦溪笔谈·象数》中也提及“医家有五运六气之术，大则候天地之变，寒暑风雨、水旱螟蝗率皆有法，小则人之众疾亦随气运盛衰，今人不知所用而胶于定法，故其术皆不验”；其后，寇宗奭撰《本草衍义》（1116），始论及运气。使运气真正成为医学新理的一部分者是金代刘完素（1120—1200）。他在《素问玄机原病式·自序》中提出，“儒教存乎三纲五常，医教要乎五运六气”，并倡“六气皆从火化”之理，临床用药多主寒凉，与官纂《太平惠民和剂局方》（1107—1110）用药以温燥为主对峙，后人称之为“寒凉派”。刘完素还在医学界开创疑经和以己意解经之风，对《黄帝内经》的“亢害承制”“病机十九条”等发表独特见解。

稍后于刘完素而在北方医界独树一帜的，为易水张元素（1151—1234）。他自立家法，称平生治病不用古方，大倡“运气不齐，古今异轨”，古方不能治今病之论，发展脏腑辨证，总结用药规律。

同宗河间刘完素门下竟排古方、各创一说者，有“攻下派”张从正（1156—1228），主治病应重在祛邪，邪去则正安，临床善用汗、吐、下三法；有“补土派”李杲（1180—1251），认为“人以胃气为本”，长于温补脾胃之法；有“养阴派”朱震亨（1281—1358），提出“阳常有余，阴常不足”论，临床多用滋阴降火之法。上述刘完素、张从正、李杲和朱震亨，史称“金元四大家”。犹儒家之程朱陆王诸学派都异于汉儒又彼此相悖，医家之刘、张、李、朱亦皆源于《黄帝内经》又异于《黄帝内经》，彼此标新又相互补充，使中医理论更趋系统化。

金元中医界新说代兴，与儒学一样也是穷途图变的表现。儒学受佛、道冲击，渐失正统地位，因而有宋儒恢复道统之举。中医学的专门授受医术方法自魏晋迄唐也渐失真传；有关医学论述为后人所辑存者，至宋代也大多残缺，不足为凭；先秦医学赖以立论的主要基石之一的人体解剖学，受科技发展水平限制和儒家纲常伦理禁锢，其研究也难以发展深入而反渐趋湮没；当世医家，虽不再各承家技、始终顺旧，但仅限于唐宋方论而不求医理。因此，欲恢复学术之真，重登医道，只能在专家授受和形下之学（人体解剖）之外另辟生路，即舍术而求理。在宋儒大阐天人义理之说的影响下，五运六气之新理便依傍而兴。

此期间医家因为重理，所以把儒家所谓道统移而用于医界，于是，将远古的神农、黄帝喻为医门之尧舜，将华佗、仲景比作医门之周公、孔子，大谈《灵》《素》医经，对世代医家专门传授之说反而竞相蔑弃。与宋儒为学之道相比，此期医家也首先提倡以己意注释古书，继而以己意修改古书。朱熹补《大学》“格物致知”之传；刘完素则在《黄帝内经》“病机十九条”里添“燥气为病”一条。宋儒治学之初，虽不守经传或偏重臆测，但注意用自然科学知识构筑其思想体系。如张载以潮汐成因解释其哲学“气”“精”相感之理（《正蒙·参两》）。潮汐是海水受到月球和太阳的引力作用而发生的涨落。白天发生的早潮称潮，晚上发生的晚潮称汐。潮与汐相隔的平均时间为12小时25分，两次早潮和晚汐则为24小时50分，此即“一昼夜之盈虚、升降”；但每天的潮汐比前一天的潮汐平均时差为50分，此即“小大之差”。连续两次早潮或晚汐的相隔时间和月球连续两次经某一地的子午线时间相合，便形成潮汐。因月球的引潮力是太阳的2.2倍，因而潮汐主要随月球的运行而变化。此外，朱熹吸取地壳运动和海陆变迁的地质科学成果，证明“动静无端”的观点（《楚辞集注·天问》）。陆九渊也吸取关于天体运行规律和日月食的成因等自然科学知识，纳入其哲学体系，只不过做了唯心主义的解释，虽有差谬，还不至于不着边际。

明代以后，朱学定为国是，则以朱氏学说为“理”，不复从实际事物推求，其理便流于空疏而脱离实用。中国宋代以后的医学，实际上也是由医家以意推理得来。如张元素创“药物归经”和“引经报使”之说，一改古代用药之法，其中不乏主观臆测成分，但毕竟贴近临证实践，后逐渐成为中药学的基本理论和原则。及至明清之际，张景岳（约1563—1632）等人以为一切治病用药之法悉归本于《黄帝内经》，言五运六气也不再凭借天文观测和临床实践，只从固定模式、图表推求，使医学实理遁入宋儒理学末流空疏之弊，趋向诞漫。

总之，宋儒讲求义理之学的倾向促进了中医基本理论的系统化，"遏欲存理"的理念引发中医养生学产生新思想，"格物致知"的认识论影响了宋以后医家的治学方法。理学各派的学术争鸣对中医学派的形成、发展起到直接作用，理学的基本精神和一些理学家对运气学说的赏识，对医学运气学的流行起到推动作用，但理学中的唯心主义和形而上学也对中医学的发展产生了消极影响。

# 宋代科技发展的时代背景*

■ 杨渭生

宋代科技的高度发展颇具时代特色，有其独特的历史背景。

## 一、历史的积累与创新

科学技术的发展和人类社会的其他事物一样，有它的历史继承性，是在继承上的创新。从纵向的比较来看，唐宋之际中国封建社会经历了一场经济和政治的大变动，中唐以降社会结构的深刻变迁，至宋兴形成时代的新局面。经济重心的南移，南方人口的繁衍，士族门阀制度由衰落走向消逝，庶族地主势力上升，并由此形成新的官僚政治。土地制度、赋税制度、政治制度、阶级关系等，都出现深刻

* 选自杨渭生：《宋代文化新观察》，河北大学出版社2007年版，第286—289页。杨渭生（1932—　），宋史研究专家，著有《两宋文化史》《宋丽关系史研究》等。

的变化。这些变化和发展犹如百川汇海，成为一股时代的潮流。这为宋代科技的发展提供了广阔的环境，即新社会的广泛需要刺激科技的向前发展。农业生产的恢复和发展带动了社会经济的繁荣，手工业的高度发展和商业(包括海外贸易)的繁荣大大促进了科技的进步。

同时，我国是具有悠久历史的文明古国，古代先民创造了光辉灿烂的科技和文化，至宋代，这些异常丰富的文化遗产，正是宋人创造新文化新科技的历史条件和文化基础。宋人很重视前代的文化遗产，学古而不泥古，极富创造性。这正是宋代科技创新的内在动力。宋代科技各领域创造发明的大量事实完全证明了这一点。所以说，宋代科技高峰是历史的积累与创新结点上的奇葩，显现其时代特征。

## 二、全社会普遍重视文化教育

科技的发展，基础在教育。这是被历史反复证明了的真理。宋代教育之发达远超前代，在中国古代教育史上是十分突出的。宋代教育经历了三个演变发展的过程：宋初至庆历兴学之前，是分散、多元的以私学、家学、寺院庙学及少数私人书院为主要教育形式的时期；庆历兴学之后至北宋末年，经过庆历、熙宁、崇宁三次大规模兴学，逐步形成以中央太学、国子监为中心，诸多专科学校和地方性州县学配套的全国性官学系统占主导地位的时期；南宋则是官学与书院并存，主导教育事业双向发展的时期。由此，形成宋代教育多元纷呈的繁荣局面。据不完全统计，宋代有州学二百三十四所，占州数百分之七十二；有县学五百十六所，占县数的百分之四十四。尤以东南地区之州县为盛。例如，浙东路有州学八所，占州数的百分之百强，县学三十八所，占县数百分之九十；浙西路有州学八所，占百分之百强，县学三十七所，占百分之九十七；福建路有州学八所，占百分之百，县学四十八所，占百分之百。宋代书院有四百六十四所（书院四百零一所，精舍二十四所，其他私学三十九所）。其中，两浙地区七十七所，江西九十五所，福建八十五所。不仅城市中各类学校林立，而且在广大农村乃至穷乡僻壤也有各种村学、乡学、私塾、义学、家馆、冬学等。南宋末年，蒙古兵临城下，烽火连天，他们仍不忘关心和重视教育事业，在历史上实属罕见。宋代教育之发达，在上层，中央太学、国子监及各地著名书院是学术中心；

在下层,宋人特别重视小学教育,据《宋史·艺文志》著录,有关小学类书籍有二百零六部,一千五百七十二卷,在数量上和普及知识的内容上,大大超过前代。如果说,宋代科技和文化的发展得力于学校教育,那么,这种教育又根植于小学基础教育。此乃宋代教育独放异彩的闪光点。

在全社会普遍重视文化教育的良好社会文化氛围下,宋代知识分子无论是取得高级功名或没有任何功名的学者,也不管是大官要员或下层官吏,大多有一种尊重知识、刻苦学习、追求真理、疑古创新、潜心研究、埋头著述的钻研精神。这正是宋代科技和文化发展的发动机和推动力。

## 三、宋王朝开明的文化政策及其设施

宋初最高统治者为惩唐末五代武将乱政之弊,围绕赵宋王朝长治久安的政治需要,先后制定了一系列立国的方针政策,以根除藩镇割据之患,加强中央集权,安定社会,发展生产巩固政权。其核心是"兴文教、抑武事"。崇尚文治,奖励儒术,为其基本国策。这是创业垂统之君为扭转唐末五代以来重武轻文之患的大决策。《宋史·文苑传》上说:"艺祖革命，首用文吏而夺武臣之权，宋之尚文，端本乎此。”这个决策之本质虽为其集权统治服务，但为此采取优礼儒士、注重文治、科举取士、兴学设教、收编典籍、提倡读书等许多文化措施，在客观上都大大有利于文化和科技的发展。尽管赵宋最高统治者并不一定是有意识地为发展科技和文化而制定这些政策，但对于“王者虽以武功克定，终须用文德致治”这一点，还是有清醒的认识的。要用“文德致治”，就需要笼络广大知识分子为宋效力，扩大其统治基础。自太祖开始，即立下优待士大夫的特殊政策，即不得轻杀大臣和言官。太宗以下十七帝均奉为“祖宗家法”，故“终宋之世，文臣无欧刀之辟”。虽也有党争兴狱（如“乌台诗案”等），但从不轻易杀害文人。这种特殊政策显现出非常开明的一面。这是宋太祖的一大发明，在中国古代史上是特放异彩的。综观太祖、太宗确立的文官政治最重要也是最有效的一条，就是宽容精神。因宽容，士大夫可以上书言事，参与廷议（有时甚至是针锋相对的论争），因宽容而有学术的自由，有施展才华的一定空间。这对宋代文化和科技的发展与繁荣至关重要。如果说，赵宋顺应时代的潮流，整治社会，发展生产，“得民者昌”，那么，宋王朝开明的文化政策，即是“得士者昌”。因为科技和文化的发展主要靠人才、靠士人来完成。科技文化高峰的到来，人才的因素第一。所以说，宋代科技的长足进步和全面繁荣，与宋王朝开明的文化政策，尊重知识、尊重人才的宽容态度是分不开的，甚至可以说起着决定性的促进作用。

# 宋代的照明技术*

■ 吴 钧

我们知道，宋代夜禁制度松弛，城市中出现了繁华的夜市，市民的夜生活很是丰富，酒楼茶坊夜夜笙歌、觥筹交错；瓦舍勾栏每晚都上演精彩节目，令人流连忘返；店铺与街边摊营业至深夜，乃至通宵达旦；街市上热闹不减白昼。城市夜生活的展开、市民对黑夜的开发，离不开一个前提条件：发达的照明。如果没有明亮的照明工具，在黑夜里，大伙儿能做的事情大概就是早点洗洗睡。

也因此，我们看宋人描述夜生活时，总是提到灯烛。《东京梦华录》写到，“凡京师酒店……向晚灯烛荧煌，上下相照”；最豪华的樊楼，“珠帘绣额，灯

---

* 选自吴钩：《风雅宋：看得见的大宋文明》，广西师范大学出版社2018年版，第74—95页。吴钩（1975—　），宋史研究者，知名历史作家，著有《风雅宋：看得见的大宋文明》《知宋：写给女儿的大宋历史》《宋：现代的拂晓时辰》等。

烛晃耀”。樊楼的灯火，成为东京的繁华象征，深深铭刻进宋朝诗人的记忆：“忆得少年多乐事，夜深灯火上樊楼。”《铁围山丛谈》记述，“（东京）马行人物嘈杂，灯火照天，每至四鼓罢”，多年之后苏轼回忆起马行街的繁荣时，也写到“灯火”：“蚕市光阴非故国，马行灯火记当年”。宋朝都城的元宵节，更是不眠之夜、不夜之城：“万街千巷，尽皆繁盛浩闹”，“家家灯火，处处管弦”，繁闹之地点燃巨烛，“照耀如昼”。灯光，消弭了白昼跟黑夜之间的巨大反差，使得夜晚与白天一样光线明亮、人声喧哗。

那么宋人用什么照明呢？

## 油灯的普及

看起来这是一个很幼稚的问题，因为答案众所周知：不就是油灯吗？

油灯确实是古时最常用的照明工具，不过，你未必知道，宋代的灯具与燃料悄然完成了一场革命性的变迁（变迁的时间起点可以追溯到宋代之前，但变迁的完成则是在宋代）。汉代的油灯，多使用动物油脂，河北满城汉墓出土的西汉铜卮灯，即发现有疑似牛油的残留物。动物油脂凝点低，常温下为膏状，燃烧时光线昏暗，且冒黑烟（我们看出土的汉朝灯具，多带有导烟管），还有难闻的气味。

到了宋代，动物油脂已很少见，人们点灯普遍使用植物油脂。北宋庄绰的《鸡肋编》比较了几种植物油的优劣："油，通四方可食与然者，惟胡麻为上，俗呼脂麻……陕西又食杏仁、红蓝花子、蔓菁子油，亦以作灯……山东亦以苍耳子作油，此当治风有益；江湖少胡麻，多以桐油为灯，但烟浓污物，画像之类尤畏之……又有旁毗子油，其根即乌药，村落人家以作膏火，其烟尤臭，故城市罕用。"以胡麻油为佳。跟动物油脂相比，植物油脂优点明显：排烟较少，也没有难闻的气味。

从出土的灯具实物来看，汉代灯具多为青铜器、铁器与陶器，以青铜灯的造型最为繁复、华丽，如1985年山西朔县汉墓出土的西汉彩绘雁鱼青铜釭灯，由衔鱼雁首（灯盖与烟管）、雁身（灯架兼吸烟装置）、灯罩及灯盘组成，四个部件均可拆卸。灯盘有手柄，可转动；灯罩是两块弧形屏板，能开合，既可挡风，又可调节亮度；雁腹内盛水，油脂燃烧所产生的烟雾，通过鱼腹和雁颈组成的烟管导入雁腹，最后沉淀于水中。整个灯具设计之高妙，令人叹为观止。

到宋代时，青铜釭灯已十分罕见，陶瓷灯具成为最常见的照明工具，而且灯具的造型比较简单，往往是单体的碗、盘和钵。四川博物院收藏有一件宋代青釉洗式五管器，出土自简阳东溪镇宋墓，研究者相信，这是一个五芯灯盏。跟西汉的彩绘雁鱼青铜钉灯相比，这件青釉灯具可谓朴素无华、平淡无奇。

这说明了什么？宋人的工艺水准不如汉代吗？当然不是。毋宁说这是汉代灯具应用不广的反映。试想一下，华贵的青铜灯具，价格不菲，平民百姓哪里用得了？自然是皇室贵族、官宦之家，或富有的平民家庭才得以享用的奢侈品；而简单的陶瓷灯盏，则是值不了几文钱的寻常之物，再贫穷的家庭，都买得起一只陶瓷灯盏。

换言之，汉代时，很可能只有皇室贵族、官宦豪富及一部分富有平民才使用灯具，多数处于社会中下层的老百姓恐怕并无夜里点灯的习惯。"凿壁偷光"的故事即发生在汉代，汉《列女传》也记述了一贫女，家中没有油灯，只能与邻居"会烛相从夜绩"，而受到邻家奚落。再据《汉书·食货志》，冬天农闲时节，妇女有“相从夜绩”的习惯，夜间纺织为什么要聚在一块？自然是为了共用灯盏。可见汉代时并不是每家每户都备有灯具。

因为灯光的匮乏，夜晚意味着普遍的黑暗，这也导致古人对黑夜产生了深切的恐惧，这种恐惧体现在法律制度上，又形成“黑夜禁忌”，如居延汉简中的一则逮捕法条规定：“《捕律》：禁吏毋夜入人庐舍捕人”。《周礼》亦记载了古老的夜禁制度：政府设“司寤氏”一职，“掌夜时，以星分夜，以诏夜士夜禁，御晨行者，禁宵行者、夜游者”。

而在宋代，随着物质文明的发展、庶民生活水平的提高，植物油燃料得到广泛使用，灯盏的结构也明显趋于简化，灯具的材质普遍采取廉价的陶瓷，意味着油灯作为一种寻常的日用品，已普及至千家万户。从南宋梁楷的《蚕织图卷》，我们可以看到，住着茅屋的普通养蚕户，家里都点着油灯。宋代夜禁制度的消亡，也可能与民间灯火的普及有关联。

## 白蜡的应用

古代的照明工具，大致可以分为灯系与烛系。

宋代“照明革命”的另一个体现，是蜡烛的广泛应用。

当然，中国人使用蜡烛的历史可以追溯到汉代—魏晋时期，汉刘歆《西京杂记》载：“闽越王献高帝石蜜五斛，蜜烛二百枚。”南朝刘义庆《世说新语》中，也有石崇“以蜡烛炒炊”的记述。这里的蜜烛，当为蜂蜡所制。古人很早就掌握了从蜂巢中提取蜂蜡的方法：“蜡乃蜜脾底也。取蜜后炼过，滤入水中，候凝取之，色黄者俗名‘黄蜡’。”（李时珍《本草纲目》）不过，最初的蜜烛形制跟今天的蜡烛并不一样，多是蜡块，使用时先加热熔化成液体，再充当油脂点灯。然后才出现了粗短的圆柱体蜡烛，这是因为蜂蜡熔点低，易软化变形，难以制成细长的管状烛。而且，汉晋时期的蜜烛绝对是奢侈品，只有皇家或石崇这样的巨富，才用得起蜡烛。

宋人所用的蜡烛，形态上已经跟汉代的蜜烛完全不一样，而跟我们现在所用的蜡烛更接近，呈长长的管状，中间有烛芯，可以直接点燃。从表现夜游、夜宴或祭祀题材的宋代绘画作品中，我们可以真切地看到宋代的蜡烛形态，如宋代佚名《夜宴图》、南宋李嵩《四迷图·酗酒》、宋人摹《韩熙载夜宴图》、马麟《秉烛夜游图》，都是画饮酒宴游的夜生活，也都画出了点燃的长条状蜡烛。

南宋《女孝经图卷》、李嵩(款)《焚香祝圣图》，则画有宋人祭祀时使用的蜡烛，也为长管状。《焚香祝圣图》题签提到的“焚香”是指使用香炉，图中点燃的红色管状物为蜡烛。

不要小看这种长管状的蜡烛，它不但保存、携带、使用方便，燃烧时间较长，亮度也远大于油灯，可谓人类照明史的一次进步。它的出现，得益于古人对制烛新材料的发现：白蜡。白蜡熔点比黄蜡(蜂蜡)高，“不淋”，既有可塑性，又有一定硬度，这才可以制成长长的蜡烛，点燃后也比较光亮，正是照明的理想材料。

白蜡取自蜡虫的分泌物。由于白蜡是中国特产，西洋人也将它叫作“中国蜡”。中国养殖蜡虫提取白蜡的历史，也许可以追溯至唐代，但有史料可确证的则是宋代。南宋人周密《癸辛杂识》续集录有“白蜡”条目，介绍了蜡虫的养殖情况：“江浙之地，旧无白蜡，十余年间，有道人自淮间，带白蜡虫子来求售，状如小芡实，价以升计。其法以盆桎树，树叶类茱萸叶，生水傍，可扦而活，三年成大树。每以芒种前以黄草布作小囊，贮虫子十余枚，遍挂之树间，至五月，则每一子中出虫数百，细若蠛蠓，遗白粪于枝梗间，此即白蜡，则不复见矣。至八月中，始录而取之，用沸汤煎之，即成蜡矣。又遗子于树枝间，初甚细，至来春则渐大，二三月仍收其子如前法，散育之。或闻细叶冬青树亦可用。其利甚博，与育蚕之利相上下，白蜡之价，比黄蜡常高数倍也。”

这条史料透露了几个信息：南宋后期，白蜡虫养殖业从淮河一带扩展至江浙地区；养殖白蜡虫的收益跟养蚕不相上下；白蜡的价格高于黄蜡。

宋人还用乌桕油脂制作蜡烛：“乌桕，实如鸡头，液如猪脂，可压油为烛。”（南宋《嘉定赤城志》）乌桕种子有一层蜡质表皮，是制蜡的上品；桕子榨油，混入融化的白蜡，倒进模具内，凝结后便是桕烛。按南宋诗人陆游的使用体验，桕烛的光亮可将蜡烛比下去，“乌桕烛明蜡不如”。不仅陆游这么说，另一位南宋诗人杨万里也有《乌臼烛》诗曰：“焰白光寒泪亦收，臼灯十倍蜜灯休。”

宋人用来制烛的原料还有石油，叫作“石烛”。今日蜡烛所用的工业蜡即从石油中提炼，不知宋人又是如何制作石烛的，因史料记载过于简单，不好臆断。不过我们确知,石烛的照明效果很不错,来看陆游记录进《老学庵笔记》的使用体验报告:“宋白《石烛》诗云:‘但喜明如蜡,何嫌色似黛。’烛出延安,予在南郑数见之。其坚如石,照席极明。亦有泪如蜡,而烟浓,能熏污帷幕、衣服,故西人亦不贵之。”据说石烛也耐烧,一支可顶蜡烛三支,但缺点是烟浓。

## 蜡烛的商品化

从出土的唐墓壁画来看,长管形的蜡烛至迟在唐朝就出现了。陕西乾陵博物馆的永泰公主墓壁画中,就绘有手执蜡烛的侍女。唐诗也常常提到蜡烛,比如“何当共剪西窗烛,却话巴山夜雨时”,“银烛秋光冷画屏,轻罗小扇扑流萤”,“日暮汉宫传蜡烛,轻烟散入五侯家”,不过,这些带有“蜡烛”的诗句所描述的,通常都是上层社会的生活,因为蜡烛此时还是贵族、官宦、富商才使用的奢侈品,一般平民可消费不起。因此,燃烛也是唐朝人炫富的一种方式,如贵戚“杨国忠每家宴,使每婢执一烛,四行立,呼为烛围”。

到了宋代,恰如宋诗所描写:“白云劝酒终日醉，红烛围棋清夜深”（黄庭坚《赠赵言》），“湖上画船风送客，江边红烛夜还家”（蔡襄《六月八日山堂试本》），蜡烛已经成为普通的日用品，进入一般士庶家庭。

我们知道，宋朝的元宵节非常热闹，家家户户都会放灯，从正月十四至正月十八，连放五天。放灯期间，“灯品至多”，“精妙绝伦”（周密《武林旧事》）。相传南宋李嵩绘画的《观灯图》就画有一组元宵花灯：奏乐仕女身后架了一个灯棚，上面悬挂着三盏巨灯；右侧的桌子上安放着一只走马灯；还有两名童子一个手执兔儿灯，一个手执瓜形灯。这种可以提在手上到处游玩的花灯，使用的燃料不大可能是油灯（因为花灯在晃动时，液体很容易泼洒出来），只能是蜡烛。也就是说，在宋代元宵花灯中，蜡烛的应用是相当普遍的。

为了鼓励民间放灯，临安政府每天还会给市民发放蜡烛与灯油，《武林旧事》载：“天府（临安府）每夕差官点视，各给钱酒油烛，多寡有差。且使之南至升阳宫支酒烛，北至春风楼支钱。”在南宋杭州，显然家家户户都用上了蜡烛。

我们如果去检索宋代笔记，还会发现关于蜡烛的使用记录突然多了起来，南宋洪迈《夷坚志》多次提到“烛”，如“洛中怪兽”条载：“宣和七年，西洛市中忽有黑兽，仿佛如犬，或如驴，夜出昼隐。民间讹言能抓人肌肤成疮痏。一民夜坐檐下，正见兽入其家，挥杖痛击之，声绝而仆。取烛视之，乃幼女卧于地已死。”这个故事很诡异，不过我们不去管它，只注意故事透露出来的信息：洛阳平民家中备有蜡烛。

《梦粱录》则记载，南宋杭州的年轻人谈婚论嫁，女家收了聘礼后，要在“宅堂中备香烛酒果，告盟三界”；到迎亲之日，男方派人各执“花瓶、花烛、香球、沙罗洗漱、妆合、照台、裙箱、衣匣、百结、青凉伞、交椅”等礼品，“前往女家，迎取新人”。蜡烛显然是宋人办婚嫁喜事必不可少的用品。宋人婚后生子，为孩子举行“抓周”仪式时，摆出来让孩子抓的物品，包括“烧香炳烛、顿果儿饮食，及父祖诰敕、金银七宝玩具、文房书籍、道释经卷、秤尺刀剪、升斗等子、彩缎花朵、官楮钱陌、女工针线、应用物件，并儿戏物”，其中也有“烧香炳烛”。

宋朝都城设有一个服务机构，叫作“四司六司”，相当于现在的婚庆服务公司。人家若有喜庆欲办筵席,可雇用“四司六局”承办全部流程。这“四司六局”中,专设了一个“油烛局”,职责即“掌灯火照耀、上烛、修烛、点照、压灯、办席、立台、手把、豆台、竹笼、灯台、装火、簇炭”。可知宋代一般平民的生活中常常需要用到蜡烛。

在《梦粱录》记录的杭州“团行”(工商行业组织)中,有“修香浇烛作”,说明制作蜡烛尤其是祭祀用的香烛,在南宋城市已经成为一个行业。在“铺席”(商店)中,则有“童家柏烛铺”和“马家香烛裹头铺”两家“有名相传”的大品牌;《梦粱录》又载,杭州“处处各有茶坊、酒肆、面店、果子、彩帛、绒线、香烛、油酱、食米、下饭鱼肉鲞腊等铺”,可知南宋杭州出现了蜡烛专卖店,蜡烛是市场上常见的商品,不再是贵族豪富专享的奢侈品。明代仇英版《清明上河图》画有一间售卖蜡烛的“朝山纸烛铺”,虽然仇英应该是以中晚明的苏州城为参照描绘宋代市井风情,不过证之《梦粱录》的记载,南宋杭州的街市无疑是有这样的蜡烛铺的。

实际上宋朝的图像也可以佐证我们的观察。黑龙江省博物馆收藏的另一幅南宋初画院摹本《蚕织图卷》,画的是江南蚕织户从“腊月浴蚕”到“织帛下机”的全过程。我们发现，蚕织户的家具当中，就有一架烛台。中国国家博物馆藏有一幅南宋佚名的《耕织图轴》，图上也画出了一架烛台，想来是夜织时用来照明的。蚕织户并非大富户，只是一般农户，他们也用得起蜡烛。

南宋画师牟益绘有一幅《捣衣图卷》，以图画表现南朝诗人谢惠连《捣衣诗》诗意，画的实际上就是画家心目中古代女性为丈夫捣练、剪裁、缝制冬衣的劳动场景。图卷中也出现了烛台与蜡烛。显然，在画家生活的南宋后期，蜡烛应该是常见的日用品，所以才被牟益画入描绘女性劳作的画面。

宋代佚名的《秋堂客话图》，描绘了主宾二人秉烛夜谈的情景，可以看出来，住着茅屋的寒士也用得起蜡烛。

那么宋代的蜡烛价钱几何呢？据《宋会要辑稿》，宋神宗年间，朝廷给予官员的奠仪包括“秉烛每条四百文，常料烛每条一百五十文，茶每斤五百文”，可知宋代宫廷蜡烛的价格为每根150文至400文不等，相当于一名城市下层平民两三天的收入。不过宫廷的蜡烛制作豪华，用料精细，无疑偏贵，正如宫廷用茶每斤500文，而榷货务面向市场销售的茶价则是:“其贸鬻:蜡茶,每斤自四十七钱至四百二十钱”,品质一般的蜡茶每斤只需47文钱。同理,坊间民用蜡烛的价钱也应当不会太昂贵。

再据《续资治通鉴长编》,宋哲宗年间,定州采购的防城器具计有“松明一十四万一千六十二斤半,桦烛一百一十四万四千五十二条,估定合用物料价钱二万二千九百九十七贯二十七文”。如果我们忽略掉松明与桦烛的价差,则可以计算出,这种用桦木皮包裹蜡脂制成的蜡烛每根约18文钱,顶多20文钱,相当于一名城市平民日收入的十分之一。这个价格,显然是一般市民都能消费得起的。

元杂剧《昊天塔孟良盗骨》说的是宋代杨家将的故事,里面有一处情节也提到蜡烛的价格:“杨景:‘和尚,我布施与你一千枝蜡烛。’和尚:‘且慢者。一千枝蜡烛,一分银子一对,也该好些银子。’”一分银子即0.01两银,按元朝的银钱比价,一两银子约兑3000文钱,0.01两银换成铜钱的话大概是30文。蜡烛一对30文,显然也不是特别贵重。元杂剧反映的物价情况应该是元代的信息,不过宋元相隔不远,也可以作为我们了解南宋蜡烛价格的参考。

当然，点蜡烛的成本还是明显高于点油灯，一名南宋读书人“每夜提瓶沽油四五文，藏于青布褙袖中归，燃灯读书”（盛如梓《庶斋老学丛谈》），彻夜点灯，也才耗油4文至5文钱。而通宵点烛，少说要3根至5根蜡烛，即需要支出50文至90文钱，是油灯成本的1倍至20倍。

因此，北宋名臣寇准好奢华，家中不点灯，专点烛，便被欧阳修视为是“可以为戒”的不良生活作风：“邓州花蜡烛名著天下，虽京师不能造，相传亦是寇莱公（寇准）烛法。公尝知邓州而自少年富贵，不点油灯，尤好夜宴剧饮，虽寝室亦燃烛达旦。每罢，官去，后人至官舍，见厕溷间烛泪在地，往往成堆。杜祁公（杜衍）为人清俭，在官未尝燃官烛，油灯一炷，荧然欲灭，与客相对清谈而已。二公皆为名臣，而奢俭不同如此，然祁公寿考终吉，莱公晚有南迁之祸，遂殁不返，虽其不幸，亦可以为戒也。”（欧阳修《归田录》卷一）

还有一个叫蒲宗孟的官员，“性侈汰，藏帑丰，每旦刲羊十、豕十，然烛三百，入郡舍，或请损之，愠曰：‘君欲使我坐暗室忍饥邪？’”他是苏轼的“粉丝”，曾致信苏轼汇报学道心得，苏轼给他复信：“闻所得甚高,然有二事相劝:一曰慈,二曰俭也。"(《宋史·蒲宗孟传》)委婉劝他不要点那么多的蜡烛。

寇准与蒲宗孟燃烛的豪迈劲儿,唐朝的杨国忠也许会自叹不如,晋代巨富石崇若穿越过来,见了也会惊呆。但实际上,寇准、蒲宗孟的个人财富肯定比不上石崇,只不过蜡烛在石崇的时代还是昂贵的奢侈品,在杨国忠的时代也可以用来炫富,而在寇准的时代已不怎么贵重,所以士大夫家庭才能够"燃烛达旦"、每夕"燃烛三百"。

今天,灯烛是我们习焉不察的寻常之物,但它们背后,也蕴藏着中国物质文明演进的生动信息哩。

# 风物

■ 宋代柴塘
■ 泗洲造纸作坊遗址
■ 沈括墓

## 宋代柴塘

钱塘江大潮中外闻名，历史上曾给两岸带来诸多水患。为此，当地千年来有修筑海塘的传统。杭州的海塘，按照历史记载最早可以追溯到东汉末年。到五代吴越国，海塘筑造技术有了突破性发展，还留下"钱王射潮"的传说。历史上，钱镠可不是用射箭抵挡钱江大潮，而是筑起了"捍海塘"。宋元时期，全国经济和文化中心南移，杭州被誉为"人间天堂"，对海塘的修筑更加重视。宋代，杭州地方官先后筑塘21次。宋大中祥符五年（1012），杭州知府戚纶，还有一位转运使陈尧佐，改用梢料护岸，薪土筑塘，以护其冲，设法防捍，并集材役工数万，筑成一条七里长堤，防止了海潮的冲涌，也保障了运河的正常通航。简单来说，宋代的海塘修筑，就是一层藤条一层土，像千层蛋糕一样，并排铺上十几层，因此称为"柴塘"。

据《中国古代灌溉工程技术史》记载，柴塘是用柴、土一层层相间铺垫压实成的一种海岸防护工程。在汉代，黄河河工就用这种方法堵塞决口，而在海塘上采用这一技术的明确记载是在北宋时的杭州。据史料记载，柴塘的优点是自身重量小，适用于各种地基，特别是地基软弱、承载力低而潮流又强劲的地段，同时，它具有柔性，抗冲能力强于普通的土塘，还能就地取材，费用较省，易于施工，却也有薪柴易腐烂、塘体不抗风的缺陷。由于其具备的上述优点，至今还被一些地方用于抢险。

## 泗洲造纸作坊遗址

泗洲造纸作坊遗址，是目前我国发现的年代最早、规模最大、保存最完整的造纸作坊遗址。遗址位于杭州市富阳区银湖街道泗洲村，地处凤凰山至白洋溪之间的台地上。遗址东西长约145米，南北宽约125米，占地达1.6万平方米，既有劳作的区域，也有工人生活的厂区。遗址埋藏较浅，完整保留了整条造纸工艺线：摊晒场、浸泡原料的沤料池、蒸煮原料的皮镬、浆灰水的灰浆池、抄纸房和焙纸房等，附属的建筑有石砌的道路、排水沟、水井和灰坑等，遗址南部还有一条东西向的古河道。这是我国现已发现的年代最早、规模最大、工艺流程最全、拥有先进造纸工艺的古代造纸遗址，为研究宋代中国南方乃至世界造纸工艺的传承和历史提供了重要实物资料。

# 沈括墓

沈括墓位于杭州市余杭区良渚镇安溪下溪湾自然村北的太平坞。沈括是北宋重要的科学家，博学多才，在天文、数学、历法、地理、物理、生物、医学、文学、史学、音乐、美术等方面都卓有成就，其所著《梦溪笔谈》是中国古代的一部科学巨著，被英国剑桥大学教授李约瑟博士誉为“中国科学史上的坐标”，另有《长兴集》《沈苏良方》等传世。宋绍圣二年(1095)，沈括在润州(今江苏镇江)去世，殁后归葬钱塘安溪下溪村之太平山麓。其墓早年遭受破坏。据明万历《钱塘县志》、民间口传和外地学术界提供的线索，终于1983年在安溪太平山南麓找到墓穴和翁仲。在墓砖堆积层下，采集到北宋青瓷划花碗残片及宋代元丰、元祐等年号的古钱币数枚，正与墓葬时代、地点吻合。墓于2008年由政府拨款恢复原貌。

# 后　记

《“三读”丛书·开卷有益》由中共浙江省委宣传部组织编撰，理论处具体负责。书中疏漏不足之处，敬请提出批评意见。

编　者

2021年12月

# 敬启

为了编好这套《“三读”丛书·开卷有益》，编者遴选了不少专家学者和作家的精彩文章。图书出版前，浙江人民出版社积极与作者联系，并得到了他们的热情支持。在此，我们表示衷心的感谢！但由于条件所限，还有少数作者无法取得联系。现丛书已出版，凡拥有著作权的作者一经在书中发现自己的作品，即请联系我们。我们已将录用作品的稿酬保存起来，随时恭候各位作者来领取。

通信地址：浙江省杭州市体育场路347号

浙江人民出版社总编室

邮政编码：310006

联系电话：(0571)85102830

浙江人民出版社

**图书在版编目（CIP）数据**

开卷有益．宋韵文化之科技 / 中共浙江省委宣传部编．—杭州 ：浙江人民出版社，2021.12
（“三读”丛书）
ISBN 978-7-213-10447-3

Ⅰ．①开… Ⅱ．①中… Ⅲ．①干部教育-中国-学习参考资料②技术史-研究-中国-宋代 Ⅳ．①D630.3②N092

中国版本图书馆CIP数据核字(2021)第264677号

“三读”丛书

**开卷有益·宋韵文化之科技**

中共浙江省委宣传部 编

---

出版发行：浙江人民出版社（杭州市体育场路347号 邮编 310006）
市场部电话：(0571)85061682 85176516

责任编辑：沈敏一
助理编辑：张 伟
责任校对：杨 帆
责任印务：陈 峰
封面设计：厉 琳
电脑制版：杭州天一图文制作有限公司
印 刷：杭州杭新印务有限公司
开 本：787毫米×1092毫米 1/32 印 张：3.625
字 数：48千字 插 页：2
版 次：2021年12月第1版 印 次：2021年12月第1次印刷
书 号：ISBN 978-7-213-10447-3
定 价：12.50元

---